# Sechskapriolen

**Das homoerotische Spätwerk
eines Rheingauer Weltenbummlers**

Für grammatikalische und stilistische Hilfe
herzlichen Dank
meinem Berliner Freund HDH

Don Pablo Henrico de Monteverdi

# Sechskapriolen

## Das homoerotische Spätwerk eines Rheingauer Weltenbummlers

**Bibliografische Information der Deutschen Nationalbibliothek:**
Die Deutsche Nationalbibliothek verzeichnet diese Publikation in der
Deutschen Nationalbibliografie;
detaillierte bibliografische Daten sind im Internet über
http://dnb.dnb.de abrufbar.

© 2013 Don Pablo Henrico di Monteverdi
Satz, Umschlaggestaltung, Herstellung und Verlag:
BoD – Books on Demand
ISBN: 978-3-7322-2711-2

# Inhalt

| | |
|---|---:|
| Januar | 9 |
| Februar | 19 |
| März | 26 |
| April | 33 |
| Mai | 39 |
| Juni | 44 |
| Juli | 46 |
| August | 53 |
| September | 61 |
| Oktober | 65 |
| November | 66 |
| Dezember | 71 |

Ich, Don Pablo, bin der Betreiber des allseits bekannten Jugendcafés *Casa Rosa* im Natterntal. Die Natter ist ein Flüsschen, das sich linksrheinisch durch anmutige Weinberge schlängelt und bei Bingen in den Rhein mündet.

Mein Anwesen liegt wenige Kilometer oberhalb von Bingen am Ende einer ruhigen Straße namens *Am Spitzen Morgen*. Wenn ich an die morgendlichen Aktivitäten in der *Casa Rosa* denke, trifft der seltsame Straßenname den Nagel genau auf den Kopf. Was ich damit meine, wird dem Leser klar werden, wenn er meine Aufzeichnungen liest, die mit dem Januar beginnen und chronologisch geordnet sind. Übrigens gehe ich auf meinen sechsundsechzigsten Geburtstag zu.

# Januar

Donnerstag, der fünfte Januar. *Helmtrud von Hagen,* Medizinstudent im ersten Semester, hatte mir von einer Studie an der Uni Mainz erzählt, in der noch neue Probanden aufgenommen werden. Dass es sich um eine Studie über das Sexualverhalten von Senioren handelt, fasziniert mich, schon allein deshalb, weil ich mich wohl oder übel diesem Personenkreis zurechnen muss. So ringe ich mich an diesem fünften Januar endgültig dazu durch, an dieser Studie teilzunehmen.

Helmtrud von Hagen begleitet mich nach Mainz. Wir stellen unsere Motorräder vor der Mensa ab, in der wir mein künftiges Probandendasein mit Bier begießen. Aus einem werden schnell drei. Helmtrud bekommt Harndrang und strebt zur Toilette. Ich begleite ihn, obwohl ich selber gar nicht pinkeln muss. Als ich vor den vielen Türen verharre, bin ich nicht allein. Ein netter Student lächelt mich freundlich an, was mich derart verlegen macht, dass ich in eine der Kabinen flüchte.

Ich klappe den Toilettendeckel herunter, setze mich darauf und sinniere über meinen delikaten Gemütszustand. Die roten Socken in den weißen Turnschuhen waren es, und nicht weniger die atemberaubend langen Beine, die mich aus der Fassung brachten. Wie er da an der Wand lehnt, das rechte Bein lässig angewinkelt hochgezogen, erregt mich so, dass mir glatt die Spucke wegbleibt. In meiner Verwirrung bekomme ich gar nicht mit, dass in der Seitenwand der Kabine ein großes Loch klafft. Das ändert sich schlagartig, als durch besagtes Loch ein mächtiger Schwanz geschoben wird. Ich bin fassungslos, aber zum Glück nur für einige Sekunden, denn wie ferngesteuert ergreife ich das hoch aufgerichtete Prachtstück und bearbeite es fachkundig. Der Erfolg meiner Bemühungen lässt nicht lange auf sich warten.

Solchermaßen gleich am ersten Tag in das diskrete Treiben auf der Mensaklappe eingeführt, habe ich nichts Eiligeres zu tun, als Helmtrud gleich brühwarm von diesem entzückenden Abenteuer zu berichten.

Neugierig wie ich bin, möchte ich heraus bekommen, zu welcher Person dieser Prachtschwanz gehört. Zurückgekehrt in die Mensa halte ich also Ausschau nach einem Studenten mit roten Socken in Turnschuhen. Es kommt nur einer in Frage, auf den diese Kennzeichen zutreffen. Mein prüfendes Auge braucht nicht lange, um den Richtigen zu erspähen. Ja! Das muss er sein, mein anonymer Samenspender. Er gefällt mir. Helmtrud und ich quatschen ihn an und verwickeln ihn in ein Gespräch. Er nennt sich *Musa*.

Als wir beiläufig die Sexualstudie erwähnen, stellt sich heraus, dass wir diesen Musa damit nicht in Verlegenheit bringen können. Ganz sachkundig sagt er nämlich, es sei höchste Zeit, den veralteten Sexreport von *Alfred Kinsey* aus dem Jahr 1948 zu aktualisieren, ganz abgesehen davon, dass er nur die amerikanischen Männer unter die Lupe genommen hatte.

Mit den beiden Studenten im Schlepptau marschiere ich nun ins Studiensekretariat, wo ich als neuer Proband mit offenen Armen empfangen werde. Mit der Entgegennahme der Studienunterlagen ist mein erster offizieller Auftritt an der Uni Mainz beendet. Helmtrud und ich verabschieden uns herzlich von Musa und donnern auf unseren Maschinen ins *Natterntal* zurück.

Meine Aushilfskraft, der junge *Krauskopf,* ist fleißig am Werkeln, aber als er mich sieht, lässt er alles fallen und bemüht sich auffällig darum, mir aus der Ledermontur zu helfen. Überraschenderweise stülpt er mir bei der Ausziehaktion meinen Pullover über den Kopf, sodass ich nichts mehr sehen kann.

Währenddessen beschäftigt man sich ausgiebig und gekonnt mit meiner unteren Körperhälfte, wobei ich nicht ausmachen kann, ob nur einer von beiden oder Krauskopf und Helmtrud mit vereinten Kräften zugange sind. Ist mir ehrlich gesagt auch egal. Als alles vorbei ist, grinst mir Helmtrud frech ins Gesicht und braust auf seinem Motorrad davon.

Krauskopf geht dazu über, die Getränke unter der Theke zu verstauen. Um fünf Uhr kommt seine Ablösung. Ein Bursche mit dem Spitznamen *Apfel.* Die beiden flüstern sich was ins Ohr, ich nehme an, sie tuscheln über mich. Als auch *Äpfelchen* nach seiner Arbeit geht, nehme ich mein Studienbuch zur Hand und trage folgendes ein: »Mit Apfel zusammen zwei Höhepunkte, unser zweiter weit besser als der erste!«.

Kurze Zeit später taucht überraschend *Jahn le Bon* auf, den ich erst vor kurzem kennen gelernt hatte. Er ist groß und schön und verfügt, wie ich schon erleben durfte, über eine enorme Potenz. Er ist mit einer Freundin zusammen, aber ich bin jedes Mal hocherfreut, wenn er solo erscheint.

Ich berichte ihm von meiner neuen Rolle als Proband und worum es in der Studie geht. Ich gestatte ihm, einen Blick in meine Aufzeichnungen zu werfen. Das findet er alles so prickelnd, dass er sich nicht mehr zurückhalten kann und hintereinander zweimal einen Orgasmus hat. Als er sich verabschiedet, bin ich in Hochstimmung und erledige die Vorbereitungen für das Abendgeschäft in der Casa Rosa mit links.

Als Erste erscheinen mein Anwalt Miro mit Gattin Uwa und Staatsanwalt Frauchen. Ich erzähle ihnen, was ich heute erlebt habe. Der geballte juristische Sachverstand erhitzt sich auf Siedetemperatur und will nun alle Details meines Uni-Sexabenteuers erfahren. Die Herren Juristen frequentieren zwar einschlägige Parks, aber in eine Klappe hat sich noch keiner getraut. Auch Gattin Uwa lauscht meinen Ausführungen mit Elefantenohren. Die Männer ihrerseits kleben wie mit Rüsseln an meinen Lippen. Kurzum: für die Herrschaften ist es ein kurzweiliger Abend.

Als ich nach diesem ereignisreichen Tag endlich in meinem Bett liege, schwelge ich in Erinnerungen an glorreiche frühere Zeiten. Ich träume von Wolfgang, dem 15-jährigen Bayern, dem 17-jährigen Maurice aus La Rochelle und dem 16-jährigen Amadou vom Fluss Niger.

Diesen Säulen meiner Jugend widmete ich später vier Nachkommen, die in verschiedenen Ländern und Kontinenten gezeugt wurden, zum Beispiel *Mika* in Mexiko. Langsam übermannt mich der Schlaf, aus dem ich erst am nächsten Morgen gerissen werde, von Helmtrud, der so tut, als wolle er etwas mit mir anstellen. Es tut sich aber nichts, außer dass mir meine Phantasie wohl einen Streich gespielt hat.

Stattdessen unterhalten wir uns ganz züchtig über die Sexstudie. Wir kommen auf Petting zu sprechen, von dem Helmtrud meint, es fördere den sozialen Zusammenhalt und sei vergleichbar mit der unter Affen üblichen Fellpflege, die man gemeinhin als Lausen bezeichnet. Statt Sex zu machen, ergehen wir uns also in theoretischen soziologischen Betrachtungen. Dass ich selbst mehr praxisorientiert bin, sei an dieser Stelle nicht verschwiegen.

Tagebucheintragung Anfang Januar:
»*Sitze mit einigen Jungs auf dem Sofa und erzähle die Geschichte vom Loch in der Kabinenwand der Mainzer Mensaklappe. Der Bursche, der neben mir sitzt, ein gewisser Jürgen, fühlt sich durch meine Story derart animiert, dass er meine rechte Hand spontan zu seinem Glücksorgan führt. Nach einigen Bieren und selbst gedrehten Zigaretten meint er, wir sollten uns ausziehen. Mittlerweile vier Uhr morgens. Plötzliches Klopfen an der Haustür. Walzer, der lange Mechaniker aus Bingen, will herein. Stelle ihm ein Bier hin und will mich wieder zu Jürgen setzen, komme aber nicht dazu. Der Walzer packt mich nämlich, kitzelt mich, bis mir die Tränen kommen, wirft mich in den großen Sessel und stemmt mich mitsamt diesem schweren Möbelstück hoch.*

*Eine Herkules-Leistung! Kann immer noch nicht zu Jürgen zurück. Muss stattdessen mit Walzer einen Jack Daniels nach dem anderen kippen. Kontrollverlust bei Walzer. Packt mich im Schritt und zieht mich halb aus. Soll mir vor seinen Augen einen runterholen. Jürgen schaut angewidert zu. Gibt schließlich den anderen ein Zeichen und alle stürzen mit vereinten Kräften auf den Riesen. Ende gut, alles gut.*«

Eines Tages schleppt mich mein Freund Marco Mac am Männertag in die Sauna des Kaiser-Friedrich-Bades. Ich staune, dass erstaunlich viele sexy Burschen zu sehen sind. Mit großen Augen schlendere ich herum. Irgendwann beschließen Marco und ich, uns von diesem römischen Treiben loszureißen und ins Natterntal zurückzufahren. Animiert von den Saunaerlebnissen beschäftigen wir uns in der Casa Rosa liebevoll mit uns selbst. Die ganze Nacht fühle ich die berühmten Schmetterlinge im Bauch.

Tags darauf keine Gäste, keine Umsätze. Ich gehe deshalb früh ins Bett, um Filme anzuschauen, bis Ole kommt und sich auf die Bettkante setzt. Er überrascht mich damit, dass er unter meine Bettdecke schaut, wo es einen Ständer zu bewundern gibt. Beim Gucken bleibt es aber. Als Ole wieder weg ist, falle ich in einen traumlosen Schlaf.

Nachmittags Spielstunde mit Apfel, bis zum krönenden Höhepunkt. Abends die übliche Arbeit im Restaurant. Als ich gegen drei Uhr morgens endlich fertig bin, taucht Ole erneut auf und wirft wieder einen Blick unter die Bettdecke. Diesmal ringt er sich dazu durch, meinen Zauberstab in die Hand zu nehmen, aber da kommt Helmtrud hereingeschneit und zwängt sich ungeniert zwischen meine Beine. Mir geht kurz die Frage durch den Kopf, ob die beiden sich abgesprochen hatten.

Der Dreier endet aber harmlos, weil wir Lust auf einen Joint bekommen und darüber das Abspritzen vergessen. Hernach gehen die beiden und ich schlafe lange in den Tag hinein.

In der Sauna ist wieder Herrentag. Mit Marco Mac zum zweiten Mal dahin. Zufrieden nehmen wir zur Kenntnis, dass manch sehnsüchtiger Blick auf uns ruht. Irgendwann verlassen wir die Sauna und gehen zum Griechen essen. Danach zurück in die *Casa Rosa* und Techtelmechtel bis zum Höhepunkt. Unsere traute Zweisamkeit endet mit einem gemeinsamen Frühstück. Schließlich trennen wir uns und ich widme mich der Vorbereitung des Sonntags-Café-Geschäfts.

Kaum sind am Nachmittag die Kuchengäste gegangen, erscheint unerwartet Jahn Le Bon. Ich bin wie elektrisiert. Wir zögern nicht, unsere Leiber aneinander zu schmiegen, und die erlösende Explosion lässt nicht lange auf sich warten. Danach genehmigen wir uns einige Biere. Noch vor Einbruch der Dunkelheit geht er wieder.

Eine Woche später nehmen mich meine studentischen Freunde mit in die Diskothek *KUZ* in Mainz. Ole, der Bursche, der bekanntlich gerne unter meine Bettdecke zu schauen pflegt, beobachtet mich beim Tanzen. Meine Tanzkünste kommentiert er mit dem Ausspruch: »wie ein junger Gott!«. Zugegeben, beim Hochspringen bin ich tatsächlich der einzige, der seine Haxen bis zum Po hochkriegt.

Auf der Toilette stehen drei Jungs neben mir, die mich beim Tanzen beobachtet hatten. Der mit dem roten Halstuch fragt mich: »Bist Du der Dieter aus der Casa Rosa?« – »Ja!«. Er begleitet mich zurück zur Tanzfläche, wo wir bis zum Morgen herumwirbeln. Die Zuschauer bekommen Stielaugen.

Als ich mit Marco Mac zum dritten Mal im Kaiser-Friedrich-Bad bin, bekommen wir mit, wie ein massiv gebauter südländischer Typ wegen offen zur Schau gestellter Erektion des Bades verwiesen wird. Diese Scheinheiligkeit kommt mir reichlich lächerlich vor und erschüttert meine Begeisterung für das Kaiser-Friedrich-Bad.

Nach der Rückkehr ins Natterntal vollziehen Marco und ich unser intimes Ritual, das diesmal in einem gewaltigen Taifun endet, der uns mit Urgewalt hinwegfegt.

Am Wochenende ruft Marco an und bittet mich um Hilfe beim Unter-Putz-Legen der Wasserleitungen im Haus seiner Tante Friedel. Eine Heidenarbeit! Trotzdem legen wir auch gleich noch die elektrischen Leitungen unter Putz.

Nach getaner Arbeit fahre ich am Abend nach Hause zurück, denn am folgenden Tag, dem Sonntag, habe ich für sechs Personen einer großen Autofirma zu kochen. Das geht alles glatt über die Bühne.

Als diese Herrschaften abgefahren sind und alles abgeräumt ist, kommt Marco. Er bleibt über Nacht und schenkt mir zweimal hintereinander göttliches Glück, bevor wir selig einschlummern.

Ich träume von meiner Daimler-DB 18-Limousine, die auch unter dem Namen *Empress Saloon* bekannt ist und dereinst mal im Besitz von Marlene Dietrich gewesen war. Im Traum wird mir dieser kostbare Oldtimer in Südspanien gestohlen, aber die Polizei verfolgt dummerweise nicht die Räuber, sondern mich. Ich laufe und laufe und laufe, komme aber nicht vom Fleck. Schließlich werde ich schweißgebadet wach und sehe Marco neben mir liegen.

Nach dem Frühstück kehrt er zu seinen Installationsarbeiten zurück und ich selbst widme mich in der Casa dem Niederreißen der Zwischenwände im Souterrain, um Platz zu schaffen für die geplante Diskothek.

Die folgenden Tage arbeite ich bis tief in die Nacht und schleppe unzählige Schubkarren voll Bauschutt in die Abfahrt von der Straße zum Garten. Es staubt so fürchterlich, dass mein *Citroën*-Kastenwagen vor dem Haus mit dem exotischen Nummernschild aus der Republik Niger mit feinem Staub bedeckt ist. Die Nachbarn glauben wahrhaftig, es handele sich um Saharastaub, wie ihn der Südwind gelegentlich bis in den Rheingau weht.

Am letzten Tag der Abrissarbeiten schlafe ich lange und tief und werde erst gegen zwei Uhr mittags wach, so dass mich Jahn Le Bon noch im Bett vorfindet. Obwohl ich noch ungebadet bin und noch etwas schlafsteif, zögert Jahn keine

Sekunde, zu mir ins Bett zu steigen. Sofort fangen wir an zu kuscheln und es dauert nur wenige Minuten, bis wir unter Zuckungen den Höhepunkt erreichen.

Danach fahren wir zu Metro einkaufen und trennen uns dann, weil ich an meiner Disko weiter arbeiten will. Ich schufte durch, bis um zwei Uhr nachts Helmtrud kommt. Er sieht das neue Schild »V.P.P. Club« und fragt, was das heißen solle. Ich sage: »Ist doch ganz einfach, mein lieber Helmtrud, die Abkürzung steht für *Very Potent Persons*. Du wirst doch zugeben, dass diese Charakterisierung der Wahrheit entspricht. Oder etwa nicht?« Als Stammgast fühlt er sich sogar geschmeichelt.

Nach einigen Bieren schwingt sich Helmtrud auf sein Motorrad und ich mich ins Bett. Ich schlafe durch bis 12 Uhr mittags. Danach fahre ich zu Marco und will ihm beim Verputzen der Wände helfen. Daraus wird aber nichts. Wir stellen nämlich beide fest, dass uns der Kopf dröhnt. Das muss wohl an dem schweren Motorradunfall liegen, den wir vor einigen Tagen in Geisenheim hatten.

Deshalb lassen wir alles liegen und stehen und fahren ins Kaiser-Friedrich-Bad, wo wir uns von einem Saunagang Linderung erhoffen. Während Marco sich auf einer Liege ausruht, habe ich mich zweier nackter Jungs zu erwehren, die so tun, als wollten sie mich mit ihren Handtüchern schlagen. Einem der beiden Burschen gebe ich einen Klaps auf den nackten Po, was er so entzückend findet, dass er vor Vergnügen quietscht.

Schließlich erscheint Marco Mac auf der Bildfläche und sagt leicht vorwurfsvoll: »Kann man Dich nicht mal einen Augenblick allein lassen?« Sein Kopfweh hat etwas nachgelassen und, was mich betrifft, hat sich die Geschichte mit dem Poklaps erstaunlich vorteilhaft auf mein eigenes Kopfdröhnen ausgewirkt. Wir fahren ins Natterntal zurück und ertränken die Restschmerzen in Jack Daniels.

Gegen vier Uhr morgens sinken wir ins Bett und vergnügen uns. Hernach schlafen wir in den Sonntag hinein. Als wir aufwachen, sind unsere Kopfschmerzen wie weggeblasen. Von den Jack Daniels war wohl keiner schlecht. Im Gegenteil, wir fühlen uns so energetisch aufgeladen, dass wir zu Marco nach Rüdesheim fahren und uns der weiteren Renovierung der Küche widmen.

# Februar

Nach einer erneuten nächtlichen Plackerei mit -zig Schubkarren voller Bauschutt schlafe ich bis ein Uhr mittags. Die Nachbarn reiben sich wahrscheinlich wieder verwundert die Augen ob des vermeintlichen Saharastaubes. Als ich nach dem Aufstehen noch im Bad beschäftigt bin, erscheint Jahn Le Bon, der mich abtrocknet. Beim Abtrocknen allein bleibt es aber nicht …

Kaum ist er wieder gegangen, düse ich mit meiner alten Moto Guzzi zu Marco, um ihn wieder bei seinen Hausreparaturen tatkräftig zu unterstützen. Im Laufe des Nachmittags demontieren wir die drei alten Abwasserleitungen und legen neue Rohre.

Wir werkeln bis ein Uhr nachts und fahren dann zur Diskothek *Terminus*. Ich tanze lange mit einem blonden Jüngling, währenddessen Marco mit seinen Freunden beschäftigt ist. Gegen halb fünf fahren wir zurück zur *Casa Rosa*. Wir essen ordentlich und gehen dann gegen sechs Uhr zu Bett, wo es hoch hergeht bis zum honigsüßen Siedepunkt.

Ermattet schlafen wir ein. Irgendwann zwischen neun und elf plötzlich heftiges Klopfen an der Haustür, von dem wir uns aber nicht stören lassen. Wahrscheinlich ist es Herr Walzer, der Einlass begehrt. Gegen ein Uhr mittags stehen wir auf und fahren zum Einkauf zu Metro und von dort zu

Marco nach Rüdesheim, wo wir die Instandsetzungsarbeiten fortsetzen.

Als wir nach getaner Arbeit zur *Casa Rosa* zurückkehren, wartet dort bereits *Falko*, der Vogelliebhaber, zusammen mit Clemens und zwei anderen Burschen. Letztes Jahr, als dieser Falko zum ersten Mal allein bei mir war, hatte er heftig dem Alkohol zugesprochen und mir schließlich seine Vogelstange vorgeführt, die so stramm war, dass sie einen Adler hätte tragen können. Wenn damals nicht gerade Gäste gekommen wären, wer weiß, was passiert wäre …

Zu sechst betreten wir das Haus und Marco verschwindet im Bett, weil er mal wieder unter einer Migräne leidet. Der hübschere der beiden mir unbekannten Burschen, ihres Zeichens Dekorateure, beginnt an mit herumzufummeln, als sei ich eine seiner Schaufensterpuppen. Als er jedoch dazu übergeht, mich auszuziehen und meinen Zauberstab in die Hand zu nehmen, fällt mir siedendheiß Marco ein. Ich fühle mich verpflichtet, Rücksicht auf ihn zu nehmen, weshalb ich zu Marco ins Schlafzimmer flüchte. Das Lokal überlasse ich sich selbst und den Gästen, in der stillen Hoffnung, sie mögen keinen Unfug anstellen und von allein nach Hause gehen.

Als Marco und ich morgens bestens ausgeruht aufwachen, kommt mir die Idee, mit ihm mal Oralsex auszuprobieren. Er ist ganz angetan von meinem Einfall, und es dauert nicht lange bis wir beide zum ultimativen Orgasmus kommen.

Danach genehmigen wir uns einen Whiskey. Plötzlich sagt Marco: »Leider kann ich eine Zeitlang nicht mehr kommen, mein *Gudster*, meine Freundin kommt nämlich zu Besuch«. Bei dieser Ankündigung erstarre ich innerlich vor Schreck, versuche aber, mir nichts anmerken zu lassen.

»Verstehe, mein Schatz«, sage ich nur, als sei ich der weise und tolerante Buddha höchstpersönlich. Als sich mein Intimus verabschiedet, gebe ich mich tapfer und füge mich in mein unausweichliches Schicksal. *Inschallah!*

Als Oste, Chrystian und Clemens wieder gegangen sind, kommt bei mir das Bedürfnis hoch, mich an dem Fremdgeher Marco zu rächen, indem ich Helmtrud an die Hose gehe. Erst in der Früh lässt mein Tatendrang nach. Ich eile in die Küche und mache uns ein deftiges Frühstück mit Eiern und Schinken. Danach geht Helmtrud und ich lege mich ins Bett, um mich von der anstrengenden Nacht zu erholen.

Da Marco nun von seiner Freundin in Beschlag genommen ist, fahre ich aus Langeweile ins Kaiser-Friedrich-Bad. Dort fällt mir ein tätowierter, gut aussehender Mann ins Auge, der zu meinem Wohlgefallen auch untenherum außerordentlich gut gebaut ist. Ich flirte mit ihm und wir gehen zusammen in den Schwitzraum, wo wir uns lebhaft unterhalten. Leider komme ich mit diesem Adonis nicht weiter, weil er sich sehr zu meinem Leidwesen als stocknormaler Hetero outet.

Nun weiß ich aber aus Erfahrung, dass Heteros durchaus zugänglich sind, auch wenn sie noch so oft behaupten, sie würden's nur mit Frauen treiben. Im Augenblick ist mir das aber zu kompliziert und zeitaufwendig. Immerhin verspricht er mir, mich irgendwann in meiner *Casa Rosa* zu besuchen, aber ehrlich gesagt bezweifle ich, ob ich das für bare Münze nehmen soll, ob er sein Versprechen ernst meint.

Der Sauna-Adonis unwillig und Marco in anderen Händen: das macht mich tagelang krank. Des Öfteren denke ich an den Hetero aus der Sauna und erleichtere mich dabei.

Fahre wieder ins Bad, in der stillen Hoffnung, meinen Hetero wieder zu treffen, aber statt ihm läuft mir der hübsche Junge über den Weg, dem ich Ende Januar einen Klaps auf den Po gegeben hatte.

Mit vorwurfsvoller Stimme sagt er: »Wo warst Du denn die ganze Zeit? *Ich* war jeden Donnerstag hier!« Ich bin skeptisch, ob ich ihm das abnehmen soll. Heute läuft jedenfalls nichts mehr mit ihm, denn er ist schon dabei, das Bad zu verlassen. Mir vergeht jetzt auch die Lust am Herrentag und ich versuche, Marco zu erreichen, zumal mir einfällt, dass seine Freundin tagsüber arbeiten geht.

So ist es tatsächlich, weshalb Marco nicht abgeneigt ist, mich zu treffen. Ich fahre zu ihm, mache mich aber frühzeitig wieder vom Acker, weil ich seiner Freundin aus dem Weg gehen will.

Von Marco fahre ich zum Faschingsfest nach Eltville. Ich stelle mein Motorrad ab und schon nach wenigen Metern treffe ich auf die Sekt schlürfenden Stroh, Helmtrud und Alex mit ihren Frauen. Ich werde stürmisch begrüßt und man drückt mir ein volles Sektglas in die Hand. Angeregt plauschend sind wir um den Stehtisch versammelt, bis wir schließlich zum Rheinufer hinunter schlendern.

Zu meiner Linken läuft Stroh, diese Schönheit, was mich ein wenig verlegen macht, aber gleichzeitig in mir ein Gefühl der Erhabenheit aufkommen lässt. Von den entgegenkommenden Jungs werden wir mit bewundernden Blicken bedacht. Der Abend dämmert schon, als ich mich von dieser Runde trenne, um in der *Casa Rosa* nach dem Rechten zu schauen.

Als ich im Natterntal ankomme, steht ein Junge aus dem Taunus frierend vor meiner Haustür. Er warte schon lange in der Kälte, sagt er, und habe jetzt nicht mehr viel Zeit.

Ich lasse das erbärmlich durchgefrorene Bürschlein in die warme Stube, wo wir zur Tat schreiten, aber, nur halb aufgetaut, braucht er ziemlich lange bis zum Höhepunkt. Ich spendiere ihm ein gutes Frühstück und fahre ihn dann nach Bad Schwalbach, wo er herkommt. Zurück in der Casa schlafe ich von sechs bis zehn Uhr.

Gegen elf zu Marco, um ihm fachkundig bei der Holzvertäfelung zu helfen, schließlich bin ich vor meinem Medizinerdasein mal gelernter Zimmermann und Bauschreiner gewesen. Abends zurück ins Natterntal. Da keine Gäste aufkreuzen, habe ich Zeit, mich mit Äpfelchen zu vergnügen.

Tags darauf, es ist Sonntag, wieder in Marcos Haus bei der Arbeit. Marco ist am Klagen. Er habe keine Lust, zu seiner Freundin zu fahren und einen trauten Abend mit ihren Eltern im beengen Wohnzimmer zu verbringen. Ich ergreife die Gelegenheit beim Schopf und entführe ihn in die Disko *Terminus* nach Mainz. Anschließend geht's zur Casa Rosa, wo wir sogleich im Bett landen. Am folgenden Tag wieder zu ihm nach Rüdesheim, um mit der Renovierung weiter zu machen.

Abends hat Marco immer noch keine Lust auf seine Freundin, mir soll's recht sein. Deshalb wieder zu mir, dass heißt, zu gutem Essen und Bettvergnügen. Ich kann mich wahrlich nicht beschweren. So geht das einige Tage, aber dann lässt sich die Freundin nicht mehr länger vertrösten. Marco murmelt etwas von Unausweichlichkeit, während ich mich unsanft auf den Boden der Tatsachen zurückgestoßen fühle. Missmutig lasse ich ihn ziehen. Ich werde das Gefühl nicht los, dass ich ihn wohl für länger nicht sehen werde.

Wie sich herausstellt, bleibt mir aber wenig Zeit, den

Trauerkloß zu spielen. Kaum ist nämlich Marco aus dem Haus, kommt Krauskopf an und legt sich gleich nackt aufs Bett. Ich habe einige Mühe, mich so schnell umzustellen, aber deshalb fällt die Spielstunde mit Krauskopf noch lange nicht ins Wasser.

Abends bekomme ich Besuch von Waldo, der recht scheu ist. Kürzlich hatte er mich zu sich nach Hause eingeladen und zeigte mir seine Fotos, darunter einige alte, auf denen er als kleiner Nackedei zu sehen ist. Später kümmerte sich seine Mutter um unser leibliches Wohl, indem sie doch tatsächlich Bratkartoffeln in Waldos Dachzimmer brachte. Nun ist er also zum Gegenbesuch bei mir. Wir unterhalten uns angeregt und erst nach Stunden verabschiedet er sich und tigert nach Hause.

Spät in der Nacht taucht ein Bürschlein auf, das ich noch nie vorher gesehen hatte. Er habe von den Spielereien im Natterntal gehört und möchte in der Richtung jetzt etwas erleben. Er entpuppt sich als fixes Kerlchen, das in Rekordgeschwindigkeit zum Höhepunkt kommt. Danach überfällt ihn mächtiger Hunger. Ich serviere ihm ein großes Steak. Diese Proteinzufuhr facht seinen Tatendrang von neuem an. Ich lotse ihn ins Schlafzimmer zur nächsten Runde. Am Ende fallen wir in einen tiefen und langen Schlaf. Gegen Mittag verabschiedet er sich, wohl für immer, wie ich vermute.

Nachmittags in die Sauna nach Wiesbaden. Die folgenden Tage bin ich fleißig am Arbeiten. Am Abend eines dieser Tage bekomme ich Besuch von Herrn Walzer. Wir trinken ein Bier nach dem anderen und diskutieren über die Probleme meines Sechszylinder-BMW. Infolge der Biere müssen wir beide zur Toilette, wo sich Herr Walzers Antriebswelle überdeutlich in der Hose abzeichnet. Wir holen unsere Ruten heraus und beim Anblick der seinigen stelle ich anerkennend fest: »Dein Schwanz kann sich aber sehen lassen.« Meine Benotung kommt bei Walzer gut an.

Die nächste Zeit kommt die Arbeit an meiner Disko zu kurz, weil ich jeden Tag zu Marco fahre, um bei ihm zu helfen. Ich bleibe immer nur so lange, bis abends seine Freundin auf der Bildfläche erscheint. Mit ihr zusammen zu sein, danach steht mir nicht im Geringsten der Sinn.

# März

Nachmittags zweiter Auftritt von Falko, dem Vogelliebhaber. Um Mitternacht verrät er mir, er sei jetzt achtzehn geworden. Ich gratuliere ihm zum Geburtstag, den wir auf unsere ganz spezielle Art feiern.

Ein andermal kommen Rhoni, ein hübscher Junge mit einem niedlichen Feuermal auf der Wange, und Manuel. Sie bleiben nur kurz, aber Manuel verspricht, gleich wieder zu kommen. Tatsächlich tut er das, kommt aber nicht allein, sondern in Begleitung eines gewissen Bastian, der so makellos schön ist, dass ich mir keinerlei Hoffnung mache, bei ihm landen zu können.

Zu dritt fahren wir in die Disco *Terminus*. Ich nehme mir vor, diesen Bastian mit meinen Tanzkünsten zu beeindrucken. Schließlich war ich mal Turniertänzer gewesen. Ich stürze mich auf die Tanzfläche, wo ich alles gebe. Mal swinge ich mit dem ganzen Körper, mal stampfe ich nur mit den Füßen, wie beim Flamenco. Aller Augen sind gebannt auf mich gerichtet. Es gefällt mir außerordentlich, so im Mittelpunkt der Aufmerksamkeit zu stehen.

Am Ende der durchtanzten Nacht nehme ich Manuel und Bastian mit zur Casa Rosa. Im Auto schweigen alle vor sich hin. In der Bar nimmt jeder ein Bier aus dem Kühlschrank und wir steigen hinauf ins Dachgeschoss und lassen uns angezogen auf die französische Liege fallen. Manuel schläft auf der Stelle ein, während Sebastian meinen Arm streichelt. Ich bin verblüfft, aber dennoch so wagemutig, seinen Gürtel aufzumachen und ihm die Hose auszuziehen. Dann entledige auch ich mich meiner Hose.

Zart streichelnd gehe ich zwischen seine Schenkel, in einem fort fürchtend, er könnte mich doch noch wegstoßen. Andererseits werde ich immer mutiger, umarme sein Becken und ergreife von hinten seine strammen Nüsse und seinen gewaltigen Schwanz. Immer noch keine Abwehr. Ich führe seinen Schwanz an meine Lippen und massiere ihn mit der Hand. Es dauert nicht lange, bis der Samen herausschießt. Eng umschlungen liegen wir noch eine Weile da, bis er sagt, ich solle ihn nach Hause fahren.

Als ich zurück bin, ist Manuel aufgewacht und erwartet mich bereits. Zwischen uns beiden geht es weniger stürmisch zu als vorher mit Bastian, aber gleichwohl nicht weniger gut. Danach sind wir erschöpft und gönnen uns einen langen Schlaf.

Als er nachmittags geht, mache ich mich daran, im Parterre neben der Bar die neue Schlafcouch zusammenzubauen. Kaum steht sie, kommt Krauskopf zur Einweihung. Er behauptet, er sei siebzehn, aber er sieht jünger aus. Deshalb nehme ich mir vor, mit ihm nur ein bisschen herumzuschmusen. Er aber macht sich daran, mich nach und nach auszuziehen. Es sei wegen der ungewöhnlichen Frühlingshitze, sagt er.

Wie dem auch sei, ich kann nicht länger an mich halten. Ich komme nur klammheimlich, indem ich mich blitzschnell auf den Bauch werfe. Ob er was mitbekommen hat? Drehe mich wieder auf den Rücken und könnte gleich noch einmal. Lasse schließlich alle guten Vorsätze fallen und kümmere mich intensiv um Krauskopf, der im Nu sein

Sperma in die Luft schießt. Mir selbst kommt es spontan, ohne Hand angelegt zu haben. Hernach überaus entspannt ins Badezimmer.

Irgendwann flattert ein Brief von Jahn Le Bon ins Haus, in dem er mir knapp und bündig mitteilt, ich solle ihn in Ruhe lassen, von wegen seiner Freundin. Dann ruft er auch noch an, um seiner Aufforderung Nachdruck zu verleihen. Einige Zeit später taucht er sogar leibhaftig bei mir auf. Ich falle aus allen Wolken, denn von Reserviertheit keine Spur.

Er macht mir Komplimente wegen meiner Figur, die ich durch zwanzigtägiges Fasten in Form gebracht habe. Ich kann es nicht fassen, als er zu streicheln anfängt. Im Nu bin ich so elektrisiert, dass die Entladung nicht lange auf sich warten lässt. Jahn selbst braucht erst einige Biere, bevor er so locker ist wie ich. Am Ende des *tête-à-tête* bilde ich mir ein, alles sei wie früher.

Abends kommt erstmals Steven Dark ins Haus, ein neugieriger Bursche aus dem Natterntal, der seine Möglichkeiten ausloten will. Ganz keck berichtet er, mit neun Jahren das erste Mal abgespritzt zu haben. Das erinnert mich an meine afrikanische Vergangenheit.

Viele Burschen in Niger hatten mir nämlich seinerzeit erzählt, sie würden auch in diesem Alter schon regelmäßig abspritzen. Mit dreizehn zeugten sie dann ihre ersten Kinder. *Schnackeln* nennt das die Witwe meines verstorbenen Freundes Johannes. Bis Fünf in der Früh heftig mit Steven Dark rumgemacht, leider nicht bis zum Höhepunkt.

Doch zum Trost erscheint Michael, ebenfalls ein Neuer. Was mir mit Steven Dark versagt blieb, darf ich nun mit diesem Michael erleben. Als es hell wird, fährt er zur Arbeit und ich kümmere mich um die Quartalsabrechnung meiner GmbH.

Als ich die Bilanzpapiere zur Post bringe, läuft mir ein rassiger Student über den Weg. Ich will mit ihm anbandeln und frage ihn, ob er Lust hat, mit mir am Abend in die Disko Terminus zu fahren. Er hat.

Sein Name ist übrigens Marc-Ante. Kurz vor Mitternacht kommt er zu mir und wir fahren Richtung Mainz. Im Terminus flippen wir beim Tanzen schier aus, ich vor allem deshalb, weil ich in meinen sechsundsechzigsten Geburtstag hineinfeiere. Kurz vor Schließung der Disko um vier Uhr fahre ich Mark nach Hause und kehre allein ins Natterntal zurück, wo ich erschöpft ins Bett falle.

Gegen sieben Uhr betritt Marco Mac, der Fernfahrer, meine Casa, weckt mich und gratuliert mir äußerst hingebungsvoll zum Geburtstag. Ausgiebiges Frühstück auf amerikanische Art, mit Steaks, aber ohne Bratkartoffeln. Alsdann muss er leider gehen, weil er seinen Laster vor der Rückgabe noch putzen muss.

Gegen zwei Uhr kommt Falco, der Vogelliebhaber, mit einem Rosenstrauß angetanzt und macht sich liebevoll an mir zu schaffen, bis zum Höhepunkt. Am Nachmittag Plausch bei Kaffee und Kuchen mit dem inzwischen ausgeschlafenen Marco. Als gegen Abend Helmtrud und Waldo hinzustoßen, wird beschlossen, meinen Geburtstag im *Club 74* im Limburger Land ausklingen zu lassen. Wir vergnügen uns bis drei Uhr in der Früh, dann mit Marco zurück ins Natterntal. Wir genehmigen uns ein Sektfrühstück. Danach erstürmen wir die neue Liegecouch im Zimmer hinter der Bar und vergnügen uns. Irgendwann schlafen wir ein und werden erst gegen elf Uhr wach und stürzen uns erneut ins Vergnügen.

Dieser Tage hat sich bei der Rheingauer Jugend schnell herum gesprochen, dass ich keine Zeit für sie habe, weil ich an der Disko herumbastle. Da stellt sich ein Neuer vor und will mir beim Umbau helfen. Verführt von seinem ansteckenden Lachen, nehme ich sein Angebot ohne Zögern an.

Bei einigen Bieren besprechen wir die anstehende Arbeit, kommen vom Hundertsten ins Tausendste, worüber die Nacht wie im Flug vergeht. Gegen halb acht kommt Marco Mac dazu. Wir frühstücken zu dritt und danach nimmt Marco den übermüdeten Tonio mit. Ich lege mich schlafen.

Da taucht Jahn Le Bon auf und legt sich schnurstracks zu mir ins Bett, ohne dass ich wach werde. Als ich aufwache, flüstert er mir Komplimente ins Ohr. Sofort bin ich hellwach und wir stürzen uns ins Vergnügen. Kein Zweifel: es ist tatsächlich wie früher.

Der Sonntag verläuft ruhig. Am Abend mit Marco Mac ins Terminus, danach verbringen wir die Nacht im Natterntal. Am Morgen wacht Marco mit einer schweren Migräne auf. Ich rufe Dr. Beinlich zu Hilfe, der herbeigeeilt kommt und dem Patienten ein starkes Schmerzmittel direkt in die Vene spritzt. Dann rauscht er wieder ab, völlig überzeugt davon, ein ärztliches Wunder vollbracht zu haben.

Nix da mit Wunder! Mein armer Marco leidet nämlich weiter vor sich hin. Meine nassen Waschlappen auf die Stirn bringen auch nichts. Am folgenden Tag wieder den Dr. Beinlich herbeizitiert. Er jagt wieder was in die Vene, diesmal mit durchschlagendem Erfolg. Vom Leiden erlöst, genießt Marco das Frühstück wie neugeboren. Arbeitsfähig, wie er jetzt wieder ist, begibt er sich am Abend mit seinem LKW auf nächtliche Dienstfahrt.

Am Abend des folgenden Tages kommen die hiesigen Zivis, die sich weigern, Waffen in die Hand zu nehmen, aber mit ihren eigenen Geschossen durchaus gekonnt umzugehen wissen.

Einer von Ihnen, so um die fünfundzwanzig, namens Dirco, blond und groß gewachsen, zeigt mir keck seine neue Unterhose aus synthetischem Gewebe. Seine Kollegen fordern mich auf, den Stoff mit meinen Fingern zu prüfen. Während ich über die Beule fahre, flüstert mir Dirco mit heißem Atem ins Ohr: »'n bischen klein, aber nur wenn er schläft. Du brauchst'n nur aufzuwecken.« Dieser lüsternen Aufforderung komme ich aber *coram publico* nicht nach, sondern belasse es bei der Materialprüfung. Gegen vier gehen die Zivis, einschließlich Dirco, und ich lege mich schlafen.

Gegen halb acht stehe ich auf und fahre nach Mainz-Kastel, um bei Metro einzukaufen. Noch vor Bingen kommt mir Marco Mac entgegen. Ich drehe um und folge ihm zur Casa Rosa zurück, damit er baden, frühstücken und ausschlafen kann. Er bleibt bis zur abermaligen nächtlichen LKW-Fernfahrt.

Kaum ist Marco weg, erscheint erstmals ein gewisser Timmi auf der Bildfläche. Vorher hatte ich ihn einige Male in Begleitung eines Herrn Helger gesehen. Seinerzeit fand ich ihn sexy und himmelte ihn deshalb an. Als er jetzt vor mir steht, bilde ich mir ein, er sei auf ein Erlebnis aus. Da aber immer mehr Gäste kommen, kommt zwischen uns nichts zustande. Immerhin flüstert er mir verheißungsvoll ins Ohr, er komme wieder, wenn ich allein sei.

Abends kommt eine internationale Truppe aus England, Indien und Österreich zum Geschäftsessen. Am Ende wird mir reichlich Trinkgeld spendiert. Kaum ist die Meute gegangen, kommt Marco Mac zurück, der diesmal eine

Tagesschicht hatte. Zusammen machen wir uns über die delikaten Reste in den noch warmen Schüsseln her und schlürfen Sekt dazu. Danach Sex. Es muss wohl hoch hergegangen sein, denn am Morgen wache ich mit einem blauen Auge auf.

Aus dem Rest der Woche ist ein Enrico erwähnenswert, ein hübscher Jurastudent im sechsten Semester. Er kommt mit der Zivi-Truppe, die mich zum zweiten Mal beehrt. In der großen Runde tut er kund, er habe mal seinen Freund gebumst. Sofort ist die versammelte Mannschaft auf Einzelheiten begierig. Gerade als mir Enrico und Harold heiße Blicke zuwerfen, kommt Marco hinzu. Das ganze verärgert ihn so, dass er beleidigt in die Disco Terminus abzischt.

# April

Am Nachmittag des ersten April kommt Ben angeflogen, ein bildhübscher Engel. Wir rauchen den mitgebrachten Joint und verlieren schnell unsere anfängliche Schüchternheit. Entspanntes Wohlbefinden, als wir uns gegen sechs Uhr trennen.

Zur Nacht kommt Bastian. Diesmal vergnügen wir uns nicht im Dachzimmer, sondern im Parterre auf der neuen Schlafcouch. Tags darauf arbeite ich an der Disko und abends kommt Marco Mac, um im Parterre ein leckendes Heizungsrohr zu schweißen. Bei dieser Gelegenheit fällt ihm die Geschichte mit dem letzten Zivi-Abend ein. Er wirft mir vor, ich hätte nur Augen für Enrico und Harold gehabt. Deshalb habe er sich ins *Terminus* verzogen, um mit Mädels zu schwofen.

Die folgenden Tage lässt er sich nicht blicken, was sich Ben zunutze macht. Morgens gegen halb sechs, als ich noch fest schlafe, erscheint er mit seinem Freund Karsten. Ohne dass ich etwas mitbekomme, ziehen sie sich aus und legen sich zu meiner Rechten und Linken. Sie ergießen sich in meine Hände, was ich nur halbwach mitkriege. In meiner Verschlafenheit bilde ich mir ein, Marco läge zu meiner Rechten, weshalb es mir nicht schwer fällt, abzuspritzen. Als ich richtig wach bin, liege ich wieder allein im Bett.

Marco sehe ich erst zwei Wochen später wieder. Es ist ein Sonntag. Das Lächeln in seinem Gesicht sagt mir, dass er nicht mehr eingeschnappt ist. Wir unterhalten uns intensiv, als hätten wir uns eine Ewigkeit nicht gesehen. Gegen drei Uhr nachts landen wir im Bett und stürmen von einem Gipfel zum nächsten.

Am Morgen holen wir gegen zehn Uhr seine Tante Friedel ab und fahren mit ihr zum Notar. Tante Friedel unterschreibt dort ihr Testament, in welchem sie Marco Immobilien im Wert von einer halben Million Mark vermacht. Nach diesem notariellen Akt gehen wir fein speisen bei *Sir Winston* in der Taunusstrasse. Dann bringen wir Tante Friedel nach Hause und fahren ins *Kaiser-Friedrich-Bad*. Abends hilft mir Marco in der Casa Rosa. Erst gegen drei Uhr morgens kommen wir dazu, uns im Bett zu vergnügen.

Wenig später ist vom Eingang her heftiges Klopfen zu hören. Ich werfe einen Blick durch die Glastür und sehe, dass es Harold ist, der flehentlich um Einlass bittet. »Dieter! Lass mich rein! Meine Eltern sind verreist!«, jammert er in einem fort. Ich höre immer nur ›*lass mich rein*‹, was mich so in Erregung versetzt, dass ich in hohem Bogen abspritze. Marco, in meinen Armen liegend, abgrundtief frustriert! Zu Recht stößt er mich brüsk von sich.

Für einen Sonntagvormittag hatte sich die komplette Lehrlingsmannschaft des *Hotel Eden* zum Frühstück angemeldet. Nachdem sie sich gestärkt haben, kommen sie in die Küche und schauen mir beim Zubereiten der Tagesgerichte über die Schulter zu. Es soll Bresse-Huhn in Salzkruste geben und Nofretetes Lieblingsgericht, mit Weintrauben gefülltes Perlhuhn. Für diese kostenlose

Lehrstunde werde ich mit einer Gegeneinladung ins Hotel Eden belohnt.

Um den achtzehnten April herum besucht mich Helmtrud, der Medizinstudent im ersten Semester. Gewöhnlich läuft er mir nur auf dem Unigelände in Mainz über den Weg. Nun ist er also hier. Als er vom Motorrad absteigt, bilde ich mir ein, er habe einen Ständer. Auf den kann ich mich aber nicht konzentrieren.

Er verrät mir, er wolle sein Medizinstudium an den Nagel hängen und stattdessen Jura studieren. Wir plaudern noch über dieses und jenes, unter anderem über den Plan, einen gemeinsamen Motorradausflug zu unternehmen. Schließlich verabschiedet er sich wieder und ich fahre zu Metro.

Als ich die Getränke und Lebensmittel auslade, fährt Marco mit seinem Laster vor. Er ist aber nicht allein. Aus dem Führerhaus klettern auch zwei Burschen, die er auf einer Raststätte aufgegabelt hat. Sie wollen nur schnell was essen.

Während der eine zur Toilette geht, bittet mich der andere um Wechselgeld für Zigaretten, welches ich in meinem hinter der Bar gelegenen Privatgemach verwahre. Er folgt mir auf dem Fuß, in der Rechten seinen Rucksack, in der Linken das halb gefüllte Weizenglas. An der Tür zum Separée macht er kurz Halt, gibt ihr dann aber einen Stoß mit der Schulter, sodass sie laut hörbar ins Schloss fällt.

Gerade als die Kasse mit einem Klingelton aufspringt, steht er neben mir. Da seine Hände nicht frei sind, bittet er mich, in seiner linken Hosentasche nach Geld zu kramen. Ich greife hinein, stoße aber nur auf ein riesiges Loch. Ich schaue ihn fragend an, aber er tut nichts weiter, als mich frech anzugrinsen. Da weiß ich, was nun zu tun ist. Durch das Loch ergreife ich seine straffen Eier und dann seinen Schwanz, dessen Härte keinen Zweifel an seinen Wünschen aufkommen lässt.

Vorerst komme ich nicht zum Geldwechseln, da ich keine Hand frei habe. Die eine umklammert nämlich seinen Schwanz und die andre schlingt sich um den Knaben. Seine Entladung wird von einem dezenten Seufzen begleitet.

Nach getaner Arbeit trinkt er sein Bier aus und ich gebe ihm endlich das erwünschte Zigarettengeld inklusive einer kleinen Zugabe. Dann kehren wir zu den anderen zurück. Eine Stunde später zischen die beiden Unbekannten wieder ab.

Marco und ich wollen in die Disco Terminus, aber dazu kommt es nicht. Stattdessen wirft sich Marco völlig ermattet aufs Bett, verausgabt von der Fernfahrt und der Beschäftigung mit dem anderen Tramper. Vor dem Einschlafen sagt er noch, ich solle ihn gegen zwei Uhr für die Disko aufwecken.

Zur angesagten Zeit versuche ich ihn wachzurütteln. Vergebens. Er schläft einfach weiter. Um sechs in der Früh wacht er auf, aber nur, um sich Schuhe und Hose auszuziehen und sogleich weiterzuschlafen. Ich tue es ihm nach. Als wir irgendwann aufwachen, widmen wir uns unserem intimen Ritual.

Dann stehen wir auf, dekorieren liebevoll einen Tisch auf der Terrasse und vergnügen uns mit einem opulenten Sektfrühstück. Da fährt Herr Walzer vorbei und bedenkt unsere Zweisamkeit mit säuerlichen Blicken.

Kaum hat sich Marco auf seine nächste Dienstfahrt begeben, erscheinen fünf kräftige Burschen auf der Bildfläche. Da die Casa Rosa bei Dunkelheit wie ein Casino beleuchtet ist, bleiben sie zunächst etwas unschlüssig stehen. Erst nachdem sie das Haus längerer Zeit beäugt haben, trauen sie sich näher zu kommen.

Um ins Haus zu gelangen, müssen sie erst einen zwei Meter breiten künstlich angelegten Wassergraben überwinden, über den eine Brücke führt, die rechts und links von zwei beleuchteten Brunnen flankiert wird.

Dann stehen sie auf der Terrasse vor den fünf hohen Glasflügeltüren. Von drinnen verfolge ich das Geschehen mit aufmerksamen Blicken. Ich taxiere ihre Optik, die zu meiner vollsten Zufriedenheit ausfällt. Generös öffne ich die mittlere Flügeltür und lasse sie ins Haus.

Sie passieren die auf französische Art mit Kordeln zur Seite gerafften Vorhänge und gelangen ins Kaminzimmer, dessen Mobiliar ihnen ziemlich spanisch vorkommt. Majestätisch platziere ich sie und verteile die Getränke- und Speisekarten. Alle entscheiden sich für das Tagesmenü und Bier, was mir natürlich nicht gefallen kann, weil ich mit Wein mehr verdienen würde.

Die Burschen entpuppen sich als Köche des Wiesbadener Top-Restaurants im Hotel *Hessischer Hof*. Sie sind tief beeindruckt, weil sie im Natterntal kein feinstes Linnen, Besteck aus schwerem Sterlingsilber und keinen goldenen Kerzenleuchter auf dem Tisch erwartet hatten. Von meinen Kochkünsten sind sie derart angetan, dass sie mich beim Abschied zu einem Gratismenü in ihren Gourmettempel einladen.

Lange nach Mitternacht falle ich todmüde, aber hochzufrieden ins Bett. Um halb acht ist Marco, mein Kapitän der Landstraße, von der nächtlichen Dienstfahrt zurück und kümmert sich um mich, als wäre es das erste Mal.

Mitten im Frühling bin ich einige Tage krank. Ich bilde mir ein, es handele sich um Nachwirkungen meiner beruflichen Tätigkeit am Niger sowie den Exkursionen nach Obervolta, Togo und Kamerun. Als neue Gäste aus Wiesbaden vor der Tür stehen, bin ich glücklicherweise wieder auf dem Damm. Sie wollen aber nur eine Reservierung für tags darauf vornehmen. Ich notiere ihre Wünsche und ermahne sie streng zur Pünktlichkeit, weil ich *à la minute* koche.

Das habe ich von meinen großen Vorbildern, den französischen Spitzenköchen *Paul Bocuse* und *Alain Chapelle*. Den ganzen folgenden Tag bin ich mit den Vorbereitungen für das Dinner beschäftigt. Die Wiesbadener Gäste kommen tatsächlich alle pünktlich und sind mit dem, was ich auftische, vollauf zufrieden. Als die Herrschaften am Gehen sind, kommt ein neuer Gespiele Martino wunderbar rechtzeitig, denn so kann er mir bei den Aufräumarbeiten helfen.

Als wir fertig sind, lege ich zwei Holzscheite im Kamin nach und wir gehen zum gemütlichen Teil des Abends über. Martino hat eine Freundin, die ihn aber offenbar überfordert. Verständnisvoll, wie ich von Natur aus bin, lege ich tröstend meine Hand in seinen Schoß. Das hat Folgen. Seine enge Hose wächst nämlich umgehend zu einer Beule an. Er lässt mir freie Hand, aber weit komme ich nicht, denn plötzlich stehen späte Gäste vor der Tür.

## Mai

Als ich am ersten Mai aufwache, sehe ich das Grün eines Maibaums durch das Nordfenster meines Séparées schimmern. Geschmückt steht er auf dem Parkplatz der Casa Rosa. Noch während ich verschlafen das zarte Grün durch das Fenster bewundere, steckt Krauskopf seine Locken durch die Tür und ruft: »Martino hat vorhin mit zwei Freunden eine Birke für Dich aufgestellt!«

Jedes Mal, wenn ich in den folgenden Tagen an den aufgerichteten Maibaum und Martino denke, bin ich so erregt, dass ich bei mir Hand anlege. Ansonsten ist an diesen ersten Maitagen nicht viel los.

Der Müßiggang und die Träumereien finden ein jähes Ende, als nach einer Woche eines Nachmittags unverhofft Herr *Helmtrud von Hagen* angedonnert kommt. Das ist der Student, der mich Anfang des Jahres zur Uni Mainz begleitet hatte.

Ich glaube an ihm einen gewissen Erregungszustand feststellen zu können. Ich biete ihm ein Bier an, aber er lehnt dankend ab. Er hat einen Anschlag auf mich vor, will mich als Sozius zu einer Motorradrundfahrt entführen. Ich bin begeistert. Auf der kurvenreichen Straße nach Idstein nimmt er so rasant die Kurven, dass ich mich wie ein Affe an ihm festklammern muss.

Verschnaufpause am Wisper-Grill. An unseren Lederhosen zeichnet sich eine Beule ab. Jeder kippt zwei Bier, was zur Folge hat, dass Herr von Hagen danach noch einen Zacken schärfer fährt. Bei jeder Bremsaktion prallt mein Oberkörper gegen seinen Rücken, aber nicht nur mein Oberkörper, sondern auch mein Schwanz, der dadurch keine Gelegenheit bekommt, auf den Ruhezustand zusammenzuschnurren.

Durch das permanente rhythmische Beschleunigen und Bremsen sind wir inzwischen gut aufeinander eingespielt. Langsam macht mir die Raserei sogar richtig Spaß und ich denke schon mit Bedauern an das Ende des Ausritts.

Kaum sind wir von der Maschine abgestiegen und ins Haus gegangen, öffnet Helmtrud zu meiner Verblüffung seine Lederkluft. Sein bestes Stück schnellt wie eine Peitsche hervor. Ich staune Bauklötze über Helmtruds Unbefangenheit. Wagemutig geworden, führe ich meine Lippen an seinen hoch aufgerichteten Maibaum.

Wenn ich geahnt hätte, dass dies die erste und letzte Gelegenheit war, dem schneidigem Motorradfahrer so nahe kommen zu können, hätte ich mich noch beherzter aufführen sollen.

Als Herr von Hagen wieder davon gebraust ist, komme ich ins Sinnieren über verpasste Gelegenheiten, mit ihm und Martino. Aus der melancholischen Stimmung befreit mich gottlob Marco, der von seiner Nachtfahrt zurückkehrt. Ungeachtet der frühen Morgenstunde genehmigen wir uns Spargel mit Schinken und süffeln Jack-Daniels dazu. Davon werden wir aber nicht müde, sondern fühlen uns zunehmend aufgekratzt, was zur Folge hat, dass wir uns leidenschaftlich der Liebe hingeben. Gewissermaßen müssen wir vorarbeiten, denn am Abend begibt sich Marco auf eine mehrtägige Fernfahrt ins Ausland.

Wie sich herausstellt, muss ich aber nicht tagelang darben, denn am übernächsten Morgen steht Martino vor meinem Bett. Er küsst mich wach, als sei ich ein verzauberter Märchenprinz, und geht ziemlich bald vom Küssen zum Blasen über. Anschließend ist es an mir, mich liebevoll um sein bestes Stück zu kümmern. Erklimmen zweimal den Gipfel. Auch einen Tag später kreuzt er wieder auf.

Wir stehen gerade nackt wie Adam in der Küche, als urplötzlich ein gewisser Alexander auftaucht. Der Anblick von uns zwei Nackedeis animiert den Neuankömmling, seinen Gürtel und die Hosenknöpfe zu öffnen und seinen Riemen herauszuholen. Mir wird das alles zu viel, was den verehrten Leser vielleicht überraschen mag.

Ich lasse Alexander und Martino stehen und flüchte ins Schlafzimmer, wo meine Klamotten liegen. Martino folgt mir auf dem Fuß. Wir ziehen uns an und gehen zurück in die Küche, wo dieser Alexander sein Prachtstück in der Zwischenzeit ebenfalls wieder eingepackt hat. Frustriert fährt er zurück nach Eltville. Über die Enttäuschung scheint er aber rasch hinweggekommen zu sein, denn er ruft an und lädt uns zu einem Eis in Eltville ein, wo er in einem Café als Bedienung arbeitet. Nach der Eisschleckerei fahre ich nach Hause und gehe früh schlafen, obwohl in Eltville gerade das Apfelblütenfest gefeiert wird.

Aus dem frühen Schlaf wird aber nichts, weil mich überraschend Karsten und Beny besuchen und unter meine Bettdecke schlüpfen. Zu dritt stürzen wir uns in eine stürmische Ouvertüre, an die sich eine ausgiebige Mahlzeit mit Steaks und Baguettes anschließt. Dazu reichlich Bier.

In der folgenden Nacht füllt sich das Lokal erst nach ein Uhr. Irgendwann ruft man mich aufgeregt ins Separée. Ich eile herbei und erstarre vor Schreck und Freude gleichzeitig. Auf meinem Bett liegt doch tatsächlich splitternackt der Hetero-Adonis, den ich kürzlich in der Sauna heftig bewundert hatte.

Als ich inmitten des nächtlichen Trubels endlich Zeit finde, mich ernsthaft um ihn zu kümmern, ist er fort. Des Rätsels Lösung liefern Karsten und Beny, die Tage später gestehen, sie hätten neulich des Nachts einen unbekannten Riesen aus meinem Bett verscheucht und aus dem Haus gejagt. Dass sie mich mit ihrer Übereifrigkeit um mein Vergnügen mit einem strammen Hetero gebracht haben, behalte ich für mich.

Nach der Rückkehr von der mehrtägigen Auslandsreise kommt Marco neuerdings jeden Tag und bringt selbst gestochenen Spargel vom elterlichen Acker mit. Grund zum Tafeln. Nur einmal kommt Marco nicht zum Genießen, weil ihn ein Schnupfen plagt. Da verhüllt er seinen Kopf mit einem Tuch und steckt seine Nase über eine Schüssel, aus der heiße Kamillendämpfe hochsteigen. Mit diesen heißen Dämpfen lösen sich auch sexuelle Erregungen in Luft auf.

Ein paar Tage später gratuliere ich Marco morgens telefonisch zum Geburtstag. Tags darauf erscheint er leibhaftig und pennt dann erst mal vier Stunden in einem Stück. Abends koche ich ein Geburtstagsessen, zu dem sich auch Herr Walzer gesellt. Danach haben die beiden Lust auf Disko, während ich lieber zu Hause bleibe.

Nach Schließung der Disko um fünf Uhr macht Marco Station in der bei Fernfahrern beliebten *Blücherkneipe* und kommt um zehn Uhr ins Natterntal zurück. Er badet ausgiebig, dieweil ich ein kräftiges Frühstückt für ihn zubereite. Danach ziehen wir uns ins Bett zurück, wo wir ein furioses Feuerwerk abbrennen.

Die nächsten Tage macht er sich rar. Als er wieder auftaucht, verkündet er mit Leidensmiene, er sei todkrank und müsse sich sofort ins Bett legen. Gesagt, getan. Gleich für mehrere Stunden.

Währenddessen erscheint der sexhungrige Jahn le Bon auf der Bildfläche. Ich fühle mich aber moralisch verpflichtet, wegen Marco, der nebenan krank im Bett liegt, mit Jahn le Bon nichts anzufangen.

Der lässt aber nicht locker. Ohne Unterlass schmust er an mir herum, bis mein löblicher Vorsatz wie Butter an der Sonne dahin schmilzt. Schon hat er mich halb ausgezogen und sich selbst bereits sämtlicher Klamotten entledigt. Ich mache noch einen halbherzigen Befreiungsversuch, aber es ist alles zu spät …

Nach erfolgreicher Eroberung geht Jan von dannen. Eine Stunde später wacht Marco auf, um nichts weiter festzustellen, als dass er sich kränker fühle, als je zuvor. Ich rufe den Doktor, der ihm eine Spritze in den Po jagt, die jedoch keinerlei Besserung bringt. Marco hütet weiter das Bett, bis er Tags drauf, noch halb benommen, sich zur Arbeit schleppt.

# Juni

Am ersten Juni meldet sich Alexander, der erstmals bei mir schlafen will. Ich sage nicht nein. Kaum ist er eingetroffen, taucht wie aus dem Nichts mein vergötterter Märchenprinz Marc Ante aus Neuseeland auf. Da sieht Alexander seine Felle davon schwimmen, weshalb er nur ein Bier zischt und sich wieder aus dem Staub macht. Mit Marc Ante plausche ich intensiv, aber ich möchte mehr, ohne im Geringsten zu wissen, wie ich es anstellen soll. Am Ende muss ich mich damit begnügen, nachts unerfüllten Marc-Ante-Träumen nachzuhängen.

Heute ist ein Feiertag. Um mich von den nächtlichen Marc-Ante-Träumereien abzulenken, stürze ich mich zwölf Stunden lang ohne Pause in Arbeit. Zur Nacht belohne ich mich mit einem Besuch in der Disko Terminus, wo ich gegen drei Uhr in der Früh ankomme.

Ich tanze ausgelassen, bis ein Bursche vor mir so etwas wie einen russischen Säbeltanz aufführt und mich zu sich herunterzieht. Ach nee! Das ist ja Marco Mac! Hat wohl seine Krankheit überstanden. Ich gehe nun auch in die Hocke und zusammen schleudern wir unsere Beine vor und zurück, wobei unsere langen Haare im gleichen Rhythmus hin- und her fliegen. Einfach doll.

Erst als die Disko schließt, donnern wir zurück ins Natterntal, er auf seiner Kawasaki 1100 und ich auf meiner Moto Guzzi Sport. Statt auf der Tanzfläche toben wir nun im Bett. Als er zur Arbeit fährt, tut er das, ohne sich vorher eine Minute Schlaf gegönnt zu haben. Ich habe es besser: ich schlafe durch, bis nachmittags Jahn kommt. Er macht mich munter und beglückt mich. Danach trinken wir Bier und essen gut, um uns am Abend erneut ins Bett zu verkriechen ...

Als Jahn am Aufbrechen ist, erscheint Krauskopf, um die Bar und die Terrasse fürs Sonntagsgeschäft vorzubereiten. Bis die ersten Gäste kommen, vergnügen wir uns auf die übliche Art.

Am Morgen eines dieser Tage taucht in aller Herrgottsfrühe Nicosi auf, der bis dahin immer nur im Schlepptau von Helmtrud von Hagen aufgekreuzt war. Er hat eine hautenge schwarze Lederhose an. Ich muss an mich halten, sie nicht anzufassen. Ich verrate ihm, dass ich ihn gerne nach Benidorm in Spanien mitnehmen würde, wo ich eine Finca besitze. Er willigt freudig ein. Wir einigen uns auf den 15. Juli als Abreisetermin.

Am Sonntagnachmittag kommt Marco und bedauert, dass er leider keine Zeit habe, nach Spanien mitzukommen. Ich seufze: »Schade, jammerschade.« Gerade ist Marco abgefahren, als Nicosi mit seinem Freund ankommt, der mir noch unbekannt ist. Er gibt unverblümt zu erkennen, er hätte auch Lust auf Spanien. Dann fängt er an, mit mir zu flirten, was das Zeug hält. Er ist ja ein entzückendes Kerlchen, aber ich ringe mich doch dazu durch, mit Nicosi allein zu reisen.

# Juli

Bis zur Abreise ist noch einiges an der Casa Rosa zu tun. Dafür benötige ich den Rat meines Architekten Neuhaus, der am folgenden Tag in Begleitung seines Sohnes Thorsten erscheint. Den kannte ich schon, als er noch Schüler war. Mittlerweile studiert er Bauwesen im französischen Grenoble, weil er die Absicht hat, ins väterliche Architekturbüro einzusteigen.

Sohn Thorsten will sich um die Baustatik der Diskothek im Stockwerk unter dem Restaurant kümmern. Als ich ihm die von mir bereits gefertigten Baupläne reiche, ist er so überrascht, dass sie ihm aus der Hand gleiten. Wir bücken uns beide gleichzeitig, aber ich bin schneller als er. Dabei komme ich seinen Hosenlatz so bedrohlich nahe, dass uns beiden vor Schreck das Blut zu Kopf schießt. Schließlich bitte ich Vater und Sohn, mir ins Souterrain zu folgen, wo sie meine bisherigen Abrissarbeiten begutachten sollen. Ich hatte alle Zwischenwände herausgerissen, damit das alte mächtige Fachwerk aus Eichenholz besser zur Wirkung käme. Zu Dritt werfen wir einen kritischen Blick auf die schweren Deckenbalken.

Mir kommt mein Werk gelungen vor, aber Vater und Sohn Neuhaus fangen an, sich Gedanken über die Gesamtstatik des Hauses zu machen. Wir steigen noch einen Stock tiefer hinunter, von wo aus man in den rückwärtigen Garten gelangt. Von dort aus betrachten wir das Gebäude.

Die Mienen der Baufachleute werden immer besorgter. Schließlich sagt Vater Neuhaus ganz leise, fast flüsternd: »Das Haus muss abgestützt werden!« Dieser lapidare Satz trifft mich wie ein Keulenschlag.

Als der Senior nach oben zur Straße geht und ins Auto einsteigt, schenkt mir sein Sohn ein mitfühlendes Lächeln. Wir gehen wieder nach drinnen. Er hat bereits klare Vorstellungen darüber, wie das Haus zu stabilisieren sei und problemlos bis zu fünfhundert Personen aufnehmen könne. Unter dem Diskoboden müssten Eisenträger angebracht werden und im Keller darunter das Lehm-Mauerwerk abgerissen und durch stabileres Mauerwerk ersetzt werden. Die Mauerfundamente müssten aus Stahlbeton sein und ein Meter achtzig in die Tiefe reichen.

So viel technisches Vorausdenken macht mich baff. Wir einigen uns auf ein Handgeld von vierhundert Mark. Es dunkelt bereits, als er sich auf den Rückweg nach Grenoble macht, wo eine Studentenfestivität lockt.

Ich überschlafe erst mal die Statikprobleme und nach dem Aufwachen fasse ich den waghalsigen Entschluss, den Umbau ohne amtliche Baugenehmigung anzufangen. Schweren Herzens fälle ich zwölf gerade gewachsene Ahornbäume am Natternbach hinter dem Haus, deren Stämme ich für das Abstützen des Hauses brauche, um die rückwärtige Kellerwand abtragen zu können. Als ich mit meinem Werk fertig bin, fühle ich mich an die Pfahlbauten von Unteruhldingen am Bodensee erinnert. Danach schachte ich zusammen mit Herrn Walzer das Fundament für die Hauswand aus.

Da taucht unvermutet ein junger Mann auf, der gegen

Kost und Logis helfen will. Er kommt aber nicht aus purem Zufall, denn es stellt sich heraus, dass er in Grenoble ein Kommilitone vom Architektensohn Thorsten ist, der ihm von meinem Hausprojekt erzählt hatte. Nun will er den tollkühnen Besitzer kennenlernen.

Da er gut gebaut ist und blendend aussieht, habe ich überhaupt nichts dagegen einzuwenden, dass er mir bei der Arbeit hilft. Als der Abend hereinbricht, kommen wir uns auch anderweitig näher ... Die nächsten zwei Tage sind wir mit Dingen beschäftigt, die nicht im Geringsten etwas mit Bauarbeiten zu tun haben. Dann fällt ihm ein, dass er nach Grenoble zurück müsse.

Meine Stippvisiten in der Uni Mainz anlässlich der Sexualstudie lassen in mir den Wunsch aufkommen, ein Studium anzufangen. Deshalb fahre ich kurz entschlossen nach Mainz, um mich fürs kommende Wintersemester in Ethnologie, Byzantinistik und Alte Geschichte einzuschreiben. Ich will eine Diplomarbeit über den berühmten Botaniker Carolus Clusius schreiben, der ein Vorfahre von mir sein soll. Als die Einschreibeformalitäten erledigt sind, kommt langsam Vorfreude auf die anstehende Spanienreise auf.

15. Juli. Es ist so weit! Punkt zwölf Uhr mittags steht Nicosi auf der Matte. Wir steigen in den fertig gepackten Citroën DS Prestige und brausen los. Nicosi macht es sich auf dem Beifahrersitz bequem, während ich ohne größere Pausen das Rhein- und Rhonetal hinunter bis in die Provence brettere. Am Sonntagvormittag erreichen wir die Umgehungsstraße von Barcelona.

Dort halten uns wild gestikulierend drei Halbwüchsige an und behaupten, unser Hänger würde brennen. Jedenfalls habe ich ihr Stakkato-Spanisch so verstanden. Nicosi und ich springen aus dem Auto, hinter dem tatsächlich Rauch aufsteigt. Während Nicosi einem Nervenzusammenbruch nahe ist, fange ich ruhigen Blutes zu suchen an, wo der Rauch herkommt. Ich konzentriere mich voll und ganz auf meine diagnostische Fähigkeit, bei der mir einer der drei Knaben Gesellschaft leistet. Dass die beiden anderen zum Citroën gehen, entgeht mir und Nicosi. Unter dem Hänger entdecken wir schließlich ein Häufchen abgebrannter Papierfetzen, von dem Rauch aufsteigt. Plötzlich kommt mir der Verdacht, die reizenden schwarz gelockten Teufelchen könnten uns einen bösen Streich gespielt haben.

Ich blicke auf und bekomme gerade noch mit, wie das Knabentrio in ein Auto einsteigt, mit dem sie offensichtlich eine vierte Person hergebracht hatte. Nicosis und meine Zufriedenheit, dass unser Anhänger nicht in Flammen aufging, hält nicht lange vor, denn als wir wieder in den Citroën einsteigen wollen, müssen wir feststellen, dass sich die bösen Buben als Langfinger betätigt hatten.

Nicosi hat es besonders hart getroffen: seine Lederjacke ist weg mitsamt seiner Barschaft von vierhundert Mark. Die gesamte Strecke von Barcelona bis Benidorm sitzt er nun wie ein Trauerkloß zusammengekauert auf dem Beifahrersitz. Traurig und wütend zugleich erreichen wir schließlich nachmittags meine Finca in Benidorm.

Wir packen alles ins Haus, rauschen hinunter zum Meer und springen in die Fluten. Nach Sonnenuntergang fahren wir zurück. Langsam brauchen wir Licht. Ich zapfe in Nullkommanichts die Hochspannungsleitung über dem Haus an und schon fließt der Saft. Nicosi macht Stielaugen.

Der geklaute Strom sorgt auch für warmes Wasser, so dass er genüsslich duschen kann. Ich bekomme Gelegenheit, meinen Reisebegleiter in seiner ganzen nackten Pracht bewundern zu dürfen. Danach fahren wir wieder hinunter nach Benidorm und steuern das *Café de Paris* an. Die ganze Zeit zerbreche ich mir den Kopf, wie wohl unsere erste gemeinsame Nacht in Spanien ablaufen würde. Mal wieder zu viel gedacht, denn es geht sehr züchtig zu. Keinerlei Annäherungsversuche, weder von mir noch von ihm, ein Jeder zieht sich brav in sein Zimmer zurück.

Nach unschuldig verbrachter Nacht fahren wir mit meiner Moto Guzzi zum Konsulat nach Alicante, wo ich meinen neuen Pass abholen will. Danach geht's zum Kaufhaus *Corte Inglés,* wo wir mit Ole und seinen Freunden verabredet sind, die sich gerade auf einer Spanienrundreise befinden. Zum Konsulat zu gelangen, ist alles andere als einfach, denn den Stadtvätern von Alicante war nichts Gescheiteres in den Sinn gekommen, als überall Einbahnstraßen einzurichten. Das hält mich aber nicht davon ab, das Konsulat und das Kaufhaus auf allerkürzestem Weg zu erreichen. Ich brause über Stock und Stein, sprich Bürgersteige und Blumenrabatte, derweil Nicosi mal wieder völlig fertig ist mit seinen Nerven und sich wie ein Affe an mich klammert. Gar nicht übel diese Klammeraktion.

Nach der Ankunft im *Corte Inglés* rauschen wir im Fahrstuhl hinauf zum Dachrestaurant und halten Ausschau nach Ole und seinen Freunden. Wir können sie nicht entdecken, aber als sie endlich eintreffen, fallen wir uns in die Arme und bedenken uns auf spanische Art mit Wangenküsschen rechts und links. Beim Essen entscheide ich mich für Carpaccio, dieweil ich den anderen fangfrischen Fisch und Salat empfehle.

Als wir nach Benidorm zurück fahren wollen, weigert sich Nicosi, hinter mich aufs Motorrad zu steigen, weil er die Nase gestrichen voll hat von meiner Raserei. Er steigt zu den Freunden ins Auto. Ole hingegen ist wagemutiger und schwingt sich hinter mir aufs Motorrad. Ich nehme die kurvige Landstraße am Meer, und jedes Mal, wenn ich nach einer Kurve aufdrehe, schreien wir gemeinsam vor Übermut auf. Ole scheint meine Fahrkünste richtig zu genießen.

Nicosi seinerseits genießt die unaufgeregte Autofahrt auf der Schnellstraße. Die Freunde waren natürlich schneller in Benidorm als Ole und ich, wodurch Nicosi genug Zeit hat, schon mal die Terrasse wohnlich herzurichten.

Als ich mit Ole ankomme, ziehe ich mich in die Küche zurück und kümmere mich um das Abendessen für die ganze Clique, derweil Ole auf der Terrasse reichlich dem Rotwein zuspricht und den anderen bei der Gartenarbeit zuschaut. Irgendwann bin ich mit dem Drei-Gänge-Menü fertig und alle lassen es sich schmecken und leeren die mitgebrachten Weinflaschen. Das Gelage macht uns unternehmungslustig, weshalb wir nach Mitternacht an die *playa sportiva* in Benidorm umziehen. Nach etlichen Drinks zurück zur Finca.

Dienstag. Termin im Gerichtsgebäude von Benidorm. Vor dem Richter haben zu erscheinen: meine Wenigkeit und drei ganz junge *Gitanos,* also Zigeuner, die von der ganzen Sippe begleitet werden. Die drei, so um die sechzehn, waren in meine Finca eingebrochen und hatten Möbel mitgehen lassen. Bei der Verhandlung kommt heraus, dass die schönsten Sachen schon verscherbelt sind.

Der Richter verdonnert die drei Jungs dazu, mir binnen zwei Tagen die noch vorhandenen Gegenstände zurückzugeben. Neuer Termin zwei Tage später, wo der Richter prüfen will, ob die gestohlenen Gegenstände wieder in meinem Besitz sind.

Mittwoch, ein Tag später. Nicht zu fassen! Die Zigeunertruppe rückt bei mir an, mit einer Wagenladung voller Möbel. Die Jungs schauen etwas finster drein, was mich aber nicht daran hindert, von ihnen zu verlangen, dass sie die Möbel in den ersten Stock schleppen, wo sie vor dem Diebstahl gestanden haben.

Donnerstag. Punkt zwölf wieder vor Gericht. Ich erkläre dem Richter, dass für mich mit der Möbelrückgabe die Angelegenheit nunmehr erledigt sei, zumal die bereits verscherbelten Sachen vermutlich auf Nimmerwiedersehen verschwunden bleiben werden. In Folge meiner großzügigen Geste schrammen die Zigeunerjungs haarscharf am Knast vorbei. Sie fallen sich glücklich in die Arme und draußen auf der Straße mir um den Hals und küssen mich ab.

# August

Am ersten August Aufbruch nach Deutschland. Unsere gemeinsame Zeit in Benidorm verlief ganz ohne Sünde, es lief rein gar nichts zwischen Nicosi und mir. Gegen fünf Uhr am Nachmittag versagt die Hydraulik des Citroën. Ohne funktionierende Hydraulik ist das Auto so gut wie nicht lenkbar, so dass man Gefahr läuft, wahlweise im Gegenverkehr oder im Straßengraben zu landen. Also keinen Meter weiterfahren!

Ich laufe zurück zur nächsten Autobahn-Notrufsäule und fordere einen Abschleppdienst an. Irgendwann kommt der tatsächlich, nimmt uns Huckepack und fährt uns zur nächst gelegenen Citroën-Werkstatt. Gegen sieben Uhr abends können wir endlich weiterfahren, aber zwei Stunden später ist schon wieder Schluss mit lustig. Nichts mit durchbrettern nach Deutschland!

Nicosi nervlich am Ende. Hilflos hämmert er mit der Faust aufs Autodach. Diesmal zur Abwechslung eine Reifenpanne vorne rechts. Ich tue und mache, kriege aber eine Radmutter nicht los. Also wieder Abschleppwagen. Der Fahrer versucht sich erst gar nicht an der Schraube, weil er vermutlich keine Lust hat, sich die Hände schmutzig zu machen. Er schleppt uns in das hübsche Hafenstädtchen *Mataró*.

Die dortige Werkstatt hat keinen passenden Reifen vorrätig. Deshalb packe ich den frustrierten Nicosi am Arm und schlendere mit ihm zur *plaza major*, wo wir uns in dem hübschen kleinen Hotel *Santa Maria* einquartieren. Über den Gang gehen wir zum einzigen Badezimmer auf der Etage und stellen uns gemeinsam in die Wanne zum duschen. Ich bewundere den nackten Nicosi, aber wieder passiert nichts zwischen uns. Zum Trocknen stellen wir uns nackt auf den Balkon. Wir verabreden uns zum Abendessen im hoteleigenen Restaurant, dann gehe ich mich anziehen.

Im *Restaurante* warte und warte ich, aber Nicosi kommt nicht. Gehe zurück und finde ihn immer noch auf dem Balkon, wo er in der Ecke kauert und von Weinkrämpfen geschüttelt wird. Warum er in diesem jammervollen Zustand ist, kommt nicht ans Tageslicht, weil er schweigt wie ein Grab. Am nächsten Tag hat er sich wieder eingekriegt.

Der Werkstattbesitzer hatte die zu geringe Profiltiefe meiner Reifen bemängelt und mich dazu überredet, gleich vier neuen Reifen zu bestellen. Gegen elf kommen sie endlich in der Werkstatt an. Als sie montiert sind und wir weiterfahren können, kann sich sogar Nicosi ein glückliches Lächeln nicht verkneifen.

Jetzt drücke ich ordentlich auf die Tube und brettere durch bis zum Binger Loch, so dass wir anderntags schon gegen fünf Uhr früh im Natterntal ankommen. Von der Fahrt sind wir so gerädert, dass wir erst mal bis mittags pennen und dann erst das Auto ausräumen. Dann rauscht Nicosi zu seiner Freundin ab.

Die neue Woche fängt gut an, nämlich mit dem herbeigesehnten Anruf von Jahn le Bon: »Herr Doktor, ich komme!« Schlagartig stehe ich unter Strom. Aus den Federn springen, oberflächliche Katzenwäsche machen, hastig Zähne putzen, schnell Kaffee brühen, geschwind ein paar Schlucke 'runterstürzen, und schon ist er da.

Wir fallen über uns her und keuchen uns Komplimente ins Ohr. Bald zucken wir in einem synchronen Orgasmus. Danach erst Kaffee und dann Bier. Vor lauter Geilheit kommen wir aber nicht dazu, unsere Gläser leer zu trinken. Irgendwann landen wir auf der Liege hinter der Bar, wo wir zum dritten Höhepunkt losstarten. *Extase pur!* Gegen sieben Uhr, die Sonne scheint noch, fährt Jahn wieder ab. In meiner Casa kehrt Ruhe ein, aber nur bis kurz vor Mitternacht, als Crissi und seine Schulkumpels auf ihren Mopeds angeknattert kommen. Ihr Krach ist so ohrenbetäubend, dass die aufgeschreckte Nachbarin anruft und sich bei mir beschwert.

Ich gehe auf die Straße und bin entzückt über den Anblick der Jungs in ihren luftigen T-Shirts und Shorts. Ich gerate in Wallung, will mir aber die Nachbarin nicht zur Feindin machen, weshalb ich die Boys schweren Herzens nach Hause schicke.

Dann gehe ich ins Haus zurück und lege mich schlafen. Am Morgen wache ich erst gegen elf Uhr auf. Sofort denke ich an die Moped-Boys von gestern Abend. Dabei konzentriere ich mich auf den knabenhaften blonden Crissi und brauche nicht lange bis zur Explosion. Danach schlafe ich mich nochmals aus. Die nächste Nacht verläuft ruhig.

Früh morgens kommt Krauskopf an und huscht zu mir ins Bett. Kaum haben wir miteinander zu spielen angefangen, bimmelt das Telefon. Jahn le Bon kündigt sich an. Abruptes Ende mit Krauskopf, den ich schnell aus dem Haus komplimentiere. Stürze ins Bad und schon kommt Jahn hereingeplatzt. Aber auch mit ihm ist heute irgendwie der Wurm drin, denn schon wieder läutet das Telefon. Diesmal ist es Sigi, der gleich kommen und am BMW-Motor herumbasteln will.

Jahn und ich fummeln uns zu einem hastigen Höhepunkt, und schon steht Sigi in der Tür. Jahn sitzt noch eine Weile unschlüssig herum, aber ich spüre, wie der Frust langsam in ihm hochsteigt. Schließlich murmelt er etwas in sich hinein und zischt ab. Als Sigi geht, genehmige ich mir einen Nachmittagsschlaf.

Als ich die Augen aufschlage, blicke ich zu meinem großen Erstaunen in ein unbekanntes, aber auf Anhieb sympathisches Jungengesicht. Er heiße *Matteo,* sagt der Bursche. Ich springe aus dem Bett und ziehe mich an. Wir setzen uns ins Kaminzimmer und plauschen ausgiebig. Dieser Matteo will sich um den Garten kümmern und an meinem BMW-Sportwagen von 1934 das Verdeck tiefer setzen.

Am folgenden Samstag unterbreche ich die Arbeiten an der Disco und setze mich zur Erholung auf die Terrasse. Lautstark rauschen die beiden Brunnen vor dem Haus, werden aber übertönt von einem Moped, das auf die Casa zusteuert. Der Fahrer entpuppt sich schließlich als mein blonder Engel Crissi. Er fährt an mir vorbei und wirft mir einen Kuss zu. Am Ende der Straße wendet er und paradiert erneut vor mir. Mein Blick fällt auf seine Shorts, die so weit geschnitten ist, dass ich mir einbilde, von unten einen flüchtigen Blick auf den Inhalt erhaschen zu können. Wie gut, dass ich mich auf die Terrasse gesetzt hatte.

Beschwingt beschäftige mich dann mit dem Getriebe des BMW. Mitte August klingelt das Telefon. Das gibt's doch nicht! Meine bayrische Vergangenheit holt mich ein, denn in der Leitung ist Bruno, von dem ich schon etliche Jahre nichts mehr gesehen und gehört habe.

Wir schwelgen in Erinnerungen. Der gute Bruno erinnert sich lebhaft daran, was ihm bei seinem ersten Besuch in meiner niederbayrischen Hautarztpraxis zugestoßen war. Ich hatte ihn gründlich untersucht und für gesund befunden. Er will aber trotzdem eine Bestrahlung haben.

Na schön, denke ich, das ist gut für den Teint. Also lasse ich ihn sich nackt ausziehen und stellte ihn vor die Bestrahlungslampe. Ich bin hellauf begeistert, als ich sehe, dass er einen Ständer hat. Meiomei! Sekunden später spritzt er auf meinen Arztkittel. Meine Assistentin bekommt von alledem nichts mit. Als mein Bruno diese Geschichte am Telefon zu Ende erzählt hat, können wir beide nicht an uns halten und praktizieren lautstarken Telefonsex.

Ende August kommt zum ersten Mal ein Herr Schländorff, den ich im roten Sessel vor dem Kamin platziere. Wie sich herausstellt, hat ihn mein fescher Jurist Miro hergelockt, der sich in Herrn Schländorffs Bingener Haus eingemietet hatte. Beim Kamingespräch kommt heraus, dass er just zur selben Zeit in Nantes an der französischen Atlantikküste war, als ich dort Medizin studierte. Sogar im selben Café sind wir ein- und ausgegangen.

Wir plauschen angeregt über das pulsierende Leben in der französischen Hafenstadt an der Mündung der Loire. Wohlig erinnere ich mich daran, dass es in Nantes nur so von knackigen Matrosen wimmelte. Dabei kommt mir die Vergangenheit der Stadt als Zentrum des Sklavenhandels in den Sinn. Wenn sie, wie man in Büchern nachlesen kann, von den Schiffen zur Versteigerung gebracht wurden, legten die Käufer besonderes Augenmerk auf die Makellosigkeit der Zähne und die Größe des Schwanzes.

Im Laufe des Gesprächs deutet Herr Schländorff an, er wolle eventuell in meiner Casa Filmaufnahmen machen.

Schließlich erheben wir unser Glas zum letzten Mal und lassen Nantes hochleben.

Einen Tag später steht am Nachmittag eine weibliche Person an der Restaurantgarderobe. Sie ist aber nicht zum Kaffeetrinken gekommen, sondern zückt ihren Ausweis und gibt sich als Lebensmittelkontrolleurin zu erkennen.

Ich zeige ihr den Weg zur Küche und die Vorratskammer, begleite sie aber nicht hin. Nach erstaunlich kurzen zehn Minuten erscheint sie wieder und verkündet ihr Urteil: »Keine Beanstandung!« Alles andere hätte mich bei meinem Sauberkeitsfimmel auch sehr gewundert.

Noch in Anwesenheit der Amtsperson taucht unerwartet Jahn le Bon auf. Instinktiv umkurvt er die Kontrolleurin und steuert wortlos mein Privatgemach hinter der Bar an. Als die Amtsperson weg ist, belohnt mich mein lieber Jahn über alle Maßen für das gute amtsärztliche Zeugnis.

Von Zeit zu Zeit tauchen unvermittelt kleine Prinzen auf. Was heißt klein, so um die sechzehn immerhin. So geschehen eine Woche nach der Lebensmittelkontrolle. Es ist Montagabend und ich sinniere gerade darüber, ob ich Wochenanfänge sympathisch finden soll, da steht plötzlich wie aus dem Nichts diese unbekannte schwarzhaarige Grazie vor mir, die sich dann als *Marko Schöner* vorstellt.

Es dürstet ihn nach einem Pastis, diesem französischem Apéritif, der bei Zugabe von Wasser milchig trüb wird. Er schlürft ihn genüsslich Schluck für Schluck und plötzlich drückt er mir einen feuchten Kuss auf den Mund. Bevor ich das richtig genießen kann, ist er auch schon wieder entschwunden wie eine Fata Morgana.

Am nächsten Tag bringt der Briefträger Überraschungspost aus der Karibik. Der Briefumschlag ist mit farbenprächtigen exotischen Briefmarken aus Martinique beklebt. Du meine Güte! Meine Jugendliebe Maurice aus Nantes gibt nach langer Zeit ein Lebenszeichen von sich. Er schreibt, wenn er nicht gerade am Strand liege, unterrichte er in einer Knabenschule Mathematik.

Ich beneide ihn um sein Leben. In den kommenden Schulferien wolle er nach Europa reisen, aber nicht allein, sondern mit seinem sechzehnjährigen Freund, den ich von einem Foto als kaffeebraune atemberaubende Schönheit kenne. Seine Eltern hätten bereits ihren Segen zur Europareise gegeben. Als Reisedokument braucht der Knabe nur einen gewöhnlichen Personalausweis, denn für Frankreich gilt die Karibikinsel als Inland.

Wenn die Eltern Schwierigkeiten gemacht hätten, hätte er ihnen klarzumachen versucht, dass ihrem Jungen eine europäische Bildungsreise nicht schaden könne. Was man so alles als Bildung verkaufen kann! Ich schreibe Maurice postwendend zurück, ich würde mich riesig auf ein Wiedersehen freuen.

Eine Woche später kommt Erika zu Besuch, eine Mitarbeiterin aus meiner früheren niederbayrischen Praxis. Ich beschließe, sie groß auszuführen. In meinem Schmuckstück von Oldtimer-Daimler, der einst im Besitz von Marlene Dietrich gewesen war, chauffiere ich sie zum Kurhaus Wiesbaden. Unter den Argusaugen der Schönen und Reichen auf der Restaurantterrasse versuche ich, das Gefährt, das natürlich keine Servolenkung hat, mit viel Kraftaufwand in eine knappe Lücke einzuparken, was mir nach zweimaligem Anlauf auch gelingt.

Lebhafter Beifall von der Terrasse. Da ich unter den Anwesenden auch etliche junge Schönlinge entdecke, schreite ich die Treppe betont elastisch federnd hinauf. Die gute Erika passt sich mir an, indem sie ein huldvolles Lächeln aufsetzt. Das Terrassenpublikum ist schwer beeindruckt. Als wir ins Natterntal zurückkommen, steht Schländorffs Filmcrew vor der Tür. Sie wollen die ganze Casa von oben bis unten in Beschlag nehmen. So geschieht es denn auch.

# September

Eines Tages, es dämmert bereits, betritt ein junger südländisch aussehender Typ das Grundstück und lässt sich auf den Brückenstufen über dem Wassergraben nieder. Freundlich lächelnd bitte ich ihn ins Haus. Ich erfahre von ihm, er sei von Vaters Seite Franzose und heiße *André*. Er ist Lehrling im Hotel *Schloss Reinhartshausen*.

Irgendwie scheint ihm zu Ohren gekommen zu sein, dass es in der Casa Rosa nicht nur Speisen und Getränke gibt. Der Lokalbesitzer, wie der Leser inzwischen hinlänglich weiß, ist auch anderen Leckereien nicht abgeneigt. Infolgedessen ist ihm jeder neue Gast auf das Herzlichste willkommen und jedes Mal beginnt dann das prickelnde Spiel, was über die Bewirtung hinaus noch möglich ist.

Dieser André zum Beispiel ist nach einem Pernod und einem Piccolo dazu bereit, seine Jeans zu öffnen. Was dabei zum Vorschein kommt, kann sich wahrlich sehen lassen. Ich kann mich aber des Eindrucks nicht erwehren, dass er sein Prachtorgan zu nichts anderem gebrauchen will, als mich zu penetrieren.

Aber dem lieben Doktor fällt rechtzeitig ein, dass es mittlerweile seit fast zwanzig Jahren diese schreckliche Seuche mit den vier Buchstaben gibt, die vom Affen auf den Menschen übergesprungen ist. Meine Risikobereitschaft hat deshalb klare Grenzen. Als der junge Franzose die Aussichtlosigkeit seines Vorhabens erkennt, knöpft er seine Hose wieder zu und zischt unverrichteter Dinge ab.

Eines späten Abends kommt *Tomasio,* mein Polizist. Ihn frage ich aus über Benno und Crissi, will von ihm wissen, ob die beiden schon sechzehn sind, denn dann könnte ich ihnen von Gesetzes wegen in Begleitung eines Erwachsenen Einlass in die Casa gewähren.

Mein Polizist ist sich sicher, sie seien sechzehn. Aber Hasch dürften sie in der Casa nicht rauchen, denn sonst wäre ich ganz schnell meine Konzession los. Ich frage ihn noch nach dem Unterschied zwischen Hasch rauchen und Hasch inhalieren. Mit diesen juristischen Spitzfindigkeiten kennt er sich aber nicht aus.

Für einen Gesetzeshüter kommt es schließlich nur darauf an, sofort zu wissen, womit er es zu tun hat, wenn ihm ein süßlicher Geruch in die Nase steigt. Ich wollte von meinem lieben Tomasio auch noch wissen, welche Höchstmenge an Stoff in Rheinland-Pfalz und Hessen zum privaten Gebrauch erlaubt sei, worauf er meinte, da müsse er erst nachfragen. Ich wette, mein Lieblingsjurist könnte diese Frage aus dem Stehgreif beantworten.

Eine Woche später wache ich mitten in der Nacht auf mit heftigem Jucken an der Hüfte. Ich mache Licht an, stelle mich vor den Spiegel und verdrehe meinen Hals wie ein Schwan. Ich erblicke drei eng beieinander liegende Stellen, die, verdammt noch mal, wie Flohstiche aussehen.

Da weiß ich, was zu tun ist: Mitten in der Nacht werden alle Textilien in die Waschmaschine geworfen, die die ganze Nacht in Betrieb bleibt. Hilft aber nix, denn in den nächsten Tagen kommen immer mehr Punkte dazu. Als ich schon ohne Erfolg fünfzig Dosen Flohspray verbraucht habe, fahre ich verzweifelt zur Hautklinik in Mainz.

Der Kollege reicht mich weiter an den Chefarzt und der lächelt mich schließlich süffisant an. Ich glaube ihm anzusehen, dass er sich insgeheim fragt, wo ich mich wohl herumgetrieben hätte. Vom Kratzen hatte sich schon die Haut entzündet. Der Herr Professor meint deshalb, um ein Antibiotikum käme ich nicht mehr herum. Damit bin ich entlassen.

Durchs Natterntal wabern natürlich Gerüchte, bei wem ich die Flöhe eingefangen haben könnte. Ich hatte eine Lehrerin meiner Knaben in Verdacht, die gelegentlich bei mir zu Gast ist. Schließlich liest man immer wieder in den Zeitungen von Entlausungsaktionen in Schulen. Gegen besagte Lehrerin verhänge ich ein Hausverbot. Meine These mit der Lehrerin nimmt mir aber von meinen Gästen keiner ab.

Vielmehr wird heftig darüber spekuliert, welches Bürschlein die Flöhe eingeschleppt haben könnte. Wie dem auch sei, eines Tags ist der Spuk vorbei.

Gegen Ende September kommen Crissi und Benno. Letzterer bringt seinen tunesischen Klassenkameraden mit, der sich als *Mahdi* vorstellt. Er fällt mir schon deshalb auf, weil er nicht dem üblichen nordafrikanischen Typus entspricht. Seine Haare sind nämlich dunkelblond und die Haut ist fast mitteleuropäisch hell, als ob er direkt von den Vandalen abstammen würde.

Als sich dieser Mahdi vor mir aufbaut, fällt mir eine Geschichte aus meiner Pariser Studentenzeit ein. Dazumal war ich nämlich mit einem tunesischen Medizinstudenten liiert. Von Paris aus hatten wir des öfteren ausgedehnte Loire-Touren unternommen und des Nachts das Bett geteilt.

Nach dem Studium war er nach Tunis zurückgekehrt,

wo er als Röntgenarzt im Uniklinikum arbeitete. Als ich den Namen und die Adresse des Studienfreundes nenne, wird der junge Mahdi plötzlich leichenblass und gerät ins Schwanken, als würde er gleich in Ohnmacht fallen.

Da schießt mir urplötzlich ein Gedanke durch den Kopf. Könnte Mahdi vielleicht der Sohn meines tunesischen Freundes sein? Ich frage ihn. Da schießen ihm Tränen in die Augen. Sagen tut er nichts, aber ich weiß auch so, dass ich den Nagel auf den Kopf getroffen habe. Alle Anwesenden halten es für ratsam, den Vorfall mit Schweigen zu übergehen.

Da passt es nicht schlecht, dass wir ohnehin zu einem Open-Air Rock-Konzert in Mainz fahren wollten. Nach dem Konzert lade ich alle in die Natternvilla ein, aber mein Mahdi aus Tunesien hat es als einziger sehr eilig, nach Hause zu kommen. Ich verabschiede mich von ihm mit arabischen Wangenküsschen, ohne zu ahnen, dass ich ihn nie mehr wiedersehen werde.

# Oktober

Im Oktober mache ich so gut wie keine Tagebucheintragungen. Ich habe nämlich einen Durchhänger und bilde mir ein, der Leser könnte meine Notizen fürchterlich langweilig finden. Ich besteige den Flieger nach Alicante, um auf meiner Finca den Semesteranfang abzuwarten. Meine Tage verbringe ich damit, mit der Moto Guzzi in den Bergen herumzukurven.

An einer Straßenbaustelle regeln drei junge Burschen den Einbahnverkehr. Jedes Mal, wenn ich zu der Baustelle komme, spendiere ich den Jungs ein Bier. Ursprünglich hatte ich dieses Bier als Wegzehrung für mich gedacht, aber die drei Jungspanier gefallen mir so gut, dass ich leichten Herzens auf meinen Mundvorrat verzichte.

Ohnehin komme ich in Benidorm auf die Idee, eine Schlankheitskur zu machen, mit der Biertrinken nicht gut zusammenpasst. Also verschenke ich leichten Herzens meine Biervorräte.

# November

Am siebten Tag der Bauchverschönerungskur steige ich ins Flugzeug nach Frankfurt, wo mich Helmtrud von Hagen und Ole in Empfang nehmen und zur Casa Rosa chauffieren.

Irgendwann stelle ich fest, dass ich Marco Mac und Jahn Le Bon vermisse. Aber siehe da, kaum lodern abends die Flammen im Kamin, steht Marco in der Tür. Er meint, wir müssten den fünften Jahrestag unserer Freundschaft feiern, was wir dann auch ausgiebig tun.

Zur Feier des Tages wird ein kostbarer alter Chablis aus dem Weinkeller hochgeholt. Es ist schon helllichter Tag, als wir eng umschlungen einschlafen. Am Abend finden sich Rechtsanwalt Miro nebst spanischer Gattin Uwa ein. Die Wiedersehensfeier zieht sich mit reichlich Champagner bis zum frühen Morgen hin.

Neuerdings zieht es mich kaum noch in die Disco oder zu anderen Abenteuern hin. Das liegt wohl an Marco Mac und Jahn le Bon. Ich bleibe zu Hause und kümmere mich um mein Anwesen oder liege geruhsam auf der Ottomane und vertiefe mich in ein fesselndes Buch.

Eines Tages, ich lese gerade über Hannibal, der als Heranwachsender eine außerordentliche Schönheit gewesen sein soll, steht plötzlich ein hübscher Jüngling neben meiner

Chaiselongue. Ich lege Hannibal beiseite und heiße den Besucher willkommen.

Er sagt, er sei halb Jugoslawe und halb Deutscher. Sein Vater habe in der Herzegowina eine Bierbrauerei und eine Pferdezucht besessen. Als er enteignet wurde, sei er nach Deutschland geflohen, wo er eine Deutsche kennengelernt und geheiratet habe. Dieser Verbindung sei mein Besucher entsprossen, der sich übrigens *Danielo* nennt.

Er wendet den Kopf hin und her und sagt plötzlich: »Ich muss pinkeln«. Ich schiebe ihn wortlos Richtung Bad, das sich hinter dem Schlafzimmer befindet. Als wir das Schlafgemach passieren, lobt mein Besucher die Intarsienarbeiten des großen Himmelbetts und, im Badezimmer angekommen, dessen azurblaue Majolika-Ausstattung.

Beim Pinkeln stellt er sich so raffiniert hin, dass ich gar nicht anders kann, als einen Blick auf sein balkanisches Prachtstück zu werfen. Leider dauert dieses Schauspiel nicht ewig. Als er fertig ist, schließt er bedächtig seine Hose und stellt sich vor den Spiegel, um seine Lockenpracht ausgiebig mit dem Kamm zu bearbeiten. Schließlich gehen wir ins Fürstenzimmer zurück, wo ihn nach einem Weizenbier gelüstet. Ich bin ganz schön nervös und schenke viel zu schnell ins Glas, sodass das Bier überschäumt. Beim Wischen bin ich so ungeschickt, dass einige Fotos zu Boden fallen, auf denen ich splitternackt zu sehen bin.

Es handelt sich um Schnappschüsse, die zwei Freunde heimlich gemacht hatten, als ich gerade dem heißen Bad entstiegen war. Mein Lockenjüngling studiert sie ausgiebig und als er sie schließlich auf den Tisch zurücklegt, glaube ich seinen Augen einen anerkennenden Blick entnehmen zu können, als wolle er sagen: »Alle Achtung!«

Ich werde etwas wagemutiger, aber über das Biertrinken

kommen wir trotzdem nicht hinaus. Er bleibt bis gegen Mitternacht. Von nun an kommt Danielo öfters, bringt seine Freunde und manchmal seine Freundinnen mit und einmal stellt er mir sogar seine Mutter vor.

Als er eines Tages verkündet, er habe eine Arbeitsstelle in Spanien gefunden und komme erst im Dezember nach Deutschland zurück, bin ich von einem Tag auf den anderen plötzlich wieder mutterseelenallein in meiner Natternvilla.

Am ersten Sonntag ohne Danielo stehe ich nachmittags seitlich neben dem Haus auf dem Bürgersteig und lasse meinen Blick den Hang hinunter bis zum Natternbach schweifen, als ob es dort etwas Sensationelles zu sehen gäbe. Das ist natürlich nicht der Fall, aber dafür ereignet sich Unerwartetes am Gartenzaun, an den ich mich mit dem Rücken zur Straße lehne.

Aus dem Nichts steht plötzlich dieser Matteo neben mir, der vor einiger Zeit angeboten hatte, das Dach des BMW tiefer zu legen und im Garten auszuhelfen. Er hatte mich aber versetzt. Nun meint er wohl, das gutmachen zu müssen. Jedenfalls habe ich keine andere Erklärung, als er sich sanft aber bestimmt gegen meine linke Hüfte lehnt und seinen rechten Arm um meine Schulter legt. Ich wehre mich nicht.

Meinerseits lasse ich spontan meine linke Hand in seine Hosentasche gleiten, was auch er bereitwillig zulässt. In dieser Haltung verharren wir mehr als eine Stunde und gucken nun gemeinsam Richtung Natternbach. Ich bin so beschäftigt, dass ich nicht mitbekomme, ob sonntägliche Spaziergänger hinter uns vorbeigehen. Ist mir ohnehin egal. Als er schließlich ins Auto steigt, ahne ich nicht, dass ich auch ihn erst im Dezember wiedersehen werde.

Nach Matteo ziehe ich mich wieder auf die Ottomane zurück, bis sich einige Tage später zehn Vorstandsherren eines Wiesbadener Sektherstellers für ein mehrgängiges Abendessen anmelden. Als Hauptgang wünschen sich die Herrschaften mein berühmtes Bresse-Huhn in Meersalzkruste. Man tafelt bis zwei Uhr in der Früh und am Ende wird mir ein fürstlicher Scheck überreicht.

Auch nach dem Abgang der Vorstandsetage bleibt wenig Zeit zur Muße, denn fünfzig Damen aus Frankfurt wollen bei mir speisen. Auch dieses Großereignis bewältige ich so gut, dass mein Anwalt Miro Lust bekommt, sich ebenfalls von mir mit einem Dîner verwöhnen zu lassen. Er beabsichtigt, mit sechs Juristenkollegen samt weiblichem Anhang anzurücken.

Mein guter Miro ordert eine Variation von Vorspeisen und zum Hauptgang Tafelspitz und Rinderfilet mit grünem Spargel, Sauce Béarnaise und Kartoffel-Gratin. Zum Dessert soll eine französische Käseplatte gereicht werden, gefolgt von Süßem. Zu den Vorspeisen wünscht sich Miro einen elsässischen Riesling und zum Hauptgang einen 85er Baron de Rothschild. Den ganzen nächsten Tag bin ich mit den Vorbereitungen für das Miro-Menü beschäftigt, das um acht Uhr abends eröffnet werden soll. Auf diese Uhrzeit bereite ich alles Nötige minutiös und generalstabsmäßig vor.

Punkt 20.00 Uhr: kein Mensch da! Ich werde nervös! Eine Stunde später bin ich immer noch mutterseelenallein, die Vorspeisen und der Tafelspitz fallen in sich zusammen, die Wachteln und das Gratin haben längst den Garpunkt überschritten, den man als *à point* zu bezeichnen pflegt.

Als die Herrschaften irgendwann unbekümmert auftauchen, bin ich am Boden zerstört. Alles für die Katz! Nur das Rinderfilet war dem Desaster entgangen, weil es noch nicht in der Pfanne war. Die Damen und Herren stochern lustlos im total zerkochten Essen herum und sind zunehmend irritiert.

Der Koch würde sich am liebsten in ein Mauseloch verkriechen. Der ganze Abend eine einzige Katastrophe, die auch der vorzüglich mundende Baron de Rothschild nicht retten kann.

Kaum haben sich die Herrschaften verabschiedet, lasse ich mich voller Gram auf die Ottomane fallen. Dort leide ich vor mich hin, bis lange nach Mitternacht Marco erscheint. Ich berichte ihm von meinem Missgeschick und er schafft es mit einigem Aufwand, mich wieder halbwegs aufzurichten. Trotzdem dauert es noch lange, bis ich den desaströsen Abend verdaut habe.

Zu allem Überfluss plagen mich wieder neue Flohstiche. Diesmal mache ich die Anwaltsgattinnen zu den Schuldigen und räche mich so für das verunglückte Abendessen. Überhaupt wünsche ich alle Hessen zum Teufel, über die schon die alten Römer gelästert haben.

# Dezember

Der Dezember beginnt mit einem Lichtblick: Mein Danielo kommt tief gebräunt aus Spanien zurück. Leider hält das die Flöhe nicht davon ab, mich weiter zu attackieren. Nun lenke ich meinen Verdacht von den Anwaltsgattinnen auf einen gewissen Achim, der mir den Teppich für das Fürstenzimmer gab, als er die offene Hotelzimmerrechnung nicht mehr zahlen konnte und deshalb die Casa Rosa verlassen musste.

Ich kratze mich pausenlos durch sechs lange Tage und Nächte und komme so gut wie nicht zum Schlafen. Als der Spuk schließlich vorbei ist, betritt ein Neuling mein Haus, der eine Ganzkörperbräunung haben möchte.

Er heiße *Theo* und sei Malerlehrling. Ich lege eine Karteikarte an, aber auf einmal will er keine Bestrahlung mehr. Ich schalte die Bestrahlungslampe wieder aus und werde von der Frage überrascht, ob er mich zum Essen und Trinken einladen dürfe. Aber ja doch! Ich zaubere ihm was in der Küche und am Ende werde ich mit zwanzig Mark belohnt. Schließlich fragt er mich, ob er wiederkommen dürfe, wobei er etwas ins Stottern gerät.

Ich bin noch dabei, mich arg zu bedauern, dass zwischen mir und Theo nichts gelaufen ist, da taucht mitten in der Nacht *Timmi* auf, der Spusi von Helger. Er müsse mit mir unbedingt über eine Hausarbeit sprechen zum Thema:

»Welche Grundbedürfnisse hat der Mensch?« Meine kennt er ja, aber was die seinen angeht, ist er noch auf der Suche. Eine geschlagene Stunde diskutieren wir, um dann dem allseits unbestrittenem Grundbedürfnis der Nahrungsaufnahme nachzukommen. Ich serviere Scampi und Steaks mit Gemüse. Dann geht er.

Zwei Tage später kommt er wieder und berichtet mir voller Stolz, seine Hausarbeit sei mit *sehr gut* benotet worden. Auf diesen Erfolg genehmigen wir uns ein Bier. Sonntags darauf meldet sich mein Malerlehrling Theo am Telefon. Ich lade ihn zum Mittagessen ein. Pünktlich und wie aus dem Ei gepellt erscheint er auf der Bildfläche. Beim Essen erzähle ich über Benidorm, was bei ihm den Wunsch aufkommen lässt, selbiges auch kennenlernen zu wollen.

Nach dem Essen muss er auf die Toilette. Ich falle aus allen Wolken, als er mich zum Mitkommen auffordert. In der Toilette angekommen, öffnet er vor meinen Augen seinen Hosenlatz und lässt mich bewundernde Blicke auf sein Prachtstück werfen.

Mehr darf ich aber nicht. Echt gemein! Nach dem Pinkeln packt er nämlich seinen Schwanz wieder ein, macht Anstalten zum Gehen und haucht dabei ein kaum vernehmliches *bis auf bald*. So entschwindet er wie ein Geist.

Mitte Dezember. Matteo erscheint, mit dem ich das öffentliche Schauspiel am Gartenzaun veranstaltet hatte. Meine Hand beschäftigt sich wieder mit seinem Hoseninhalt, nur diesmal innerhalb des Hauses. Ein Anblick bleibt mir auch diesmal verwehrt.

Die nächsten zwei Wochen bin ich vollauf mit Weihnachtsvorbereitungen beschäftigt, wobei mich Jahn und Marco tatkräftig unterstützen, indem sie Unmengen von Getränken heranschaffen und eine zweite Bar zusammenbauen.

Weihnachten. Heiligabend ist die Casa ausgebucht, weshalb an der Eingangstür ein Schild prangt mit der Aufschrift »Kein Einlass«. Nach dem Verkauf der fünfhundertsten Eintrittskarte zu je zehn Mark schließe ich die Gästeliste.

Der eine oder andere Pfiffikus, der keine mehr ergattert hat, versucht mit einer gefälschten Eintrittskarte ins Haus zu kommen, aber ich erkenne die Fälschung und lasse mich nicht erweichen. Erhalte viele Geschenke, habe aber keine Zeit, sie zu bewundern, weil ich vollauf damit beschäftigt bin, die Neuankömmlinge zu begrüßen und zwischendurch beim Bedienen zu helfen.

Am Ende, gegen fünf Uhr in der Früh, bekomme ich doch tatsächlich von der ganzen Plackerei viermal hintereinander fürchterliche Wadenkrämpfe.

Der Abend des ersten Feiertags verläuft weit weniger stressig, ja man kann ihn sogar als lustvoll bezeichnen. Ich sehe mich nämlich von Schülern umringt, die mir wie Weihnachtsengel vorkommen, nur Flügel kann ich bei keinem entdecken.

Ich fühle mich trotzdem wie im Himmel, denn wir lassen unsere Hände gegenseitig in die Hosentaschen gleiten, wobei ich entzückt feststelle, das selbige Löcher haben, durch die meine Hände bequem hindurch passen. Ohhh seliges Weihnachtsfest!

Am Abend des zweiten Feiertags kommt mein treuer Matteo. Er führt mich hinter die Riesenpalme zum großen Sessel, in den wir zu zweit hineinsinken. Ohne größeres Zutun wachsen uns Ständer, aber komischerweise trauen wir uns nicht, zum Höhepunkt zu kommen.

An Sylvester wieder volles Haus. Unter den Gästen ist auch mein Malerlehrling Theo, der mir kurz vor Mitternacht wieder einen flüchtigen Blick auf seinen Zauberstab gönnt. Auf allen Etagen ausgelassene Stimmung. Gegen halb fünf morgens umarmt mich Ole auf das heftigste und flüstert mir seine Neujahrserleuchtung ins Ohr: »*Wir sind beide sexbesessen!*« Ob der Leser zu dem gleichen Schluss kommt, lasse ich offen. Wie dem auch sei, für das neue Jahr nehme ich mir vor, endlich mein Studium ernst zu nehmen und meinem berühmten Vorfahren, dem Botaniker Clusius, mehr Zeit zu widmen. Mal sehen, was daraus wird.

Sexualaufzeichnungen des 1. Jahres. Uni Mainz.
P = Petting. Punkt mit Kreis, eine Eruption.
Mit Doppelkreis zwei Mal..

| MARCO | JAN | APFEL | KRAUSK | BASTY | M.FREI | HELGEQ | BENO | CRISI | Helm Tau. |
|---|---|---|---|---|---|---|---|---|---|
| 13.1. ● | 6.1. ●L | 6.1. ●● | 5.1. P | 3.3. ● | 3.2. ● | 26.2 P | 26.3.P | 12.6. B | 7.1. P |
| 20. L ● | 16. ● | 12. ● | 6.2. ● | 3.4. + | 2.3. ● | 28 P | 8.4. P | 13. B | 11. P Bett |
| 25. ●● | 1.2. ●L | 5.2. ● | 17. ● | 10.6. P | 3.3. ● | 2.3. ● | 14. P | 28.6 P | 25. P |
| 24. ● | 27. ● | 6. ● | 5.3. ● | 16.9 Ⓢ | 12.3 Ⓢ | — 1x — | 22. P | 30.8 B | 29. P |
| 29. ●● | 8.3. ● | 12. ● | 22. ● | 8.12. ●● | 4x | — . — | 29. P.S | 31. B | 4.2. Eier |
| 31. ●● | 18. ● | 21. ● | 20.4. ● | 3x | | TABIAS | 3.5. P | 27. B | 16. P |
| 1.2. ● | 14.4. ●● | 22.4. ●● | 2.5. ● | — . — | Wein | 28.1. P | 6.5. P | 31.12. ● | 20. P |
| 4. ● | 19. ● | 19.5. ● | 7.5 ● | | Micha. | 18.2. P | 7. PP | 22.10 K | 13.3. P |
| 15. ● | 26. ● | 2.6 ● | 19. ● | NICOSi | Schüler | 18.3 P | 13. P | 14.11 P | 18. P |
| 27. ● | 8.5. ● | 26.7 ● | 56. ●● | 17.3. P | 28.10 P | 253. K | 24 B | 12. B | 20. P |
| 7.3. ● | 19. ●T | 5.8. ● | 10.7. B | 15.5 P | 30. P.P. | 5.11. P | 27. P | 13. B | 19.4. P |
| 14 ● | 34. Ⓢ | 19. ● | 20. B | 6.6. P | 12.11. P | — . — | | 25.12. ● | 14.5. P |
| 20. ● | 36. ● | 6.10. ● | 15. ● | 9.6. P | 26. P | | | — . — | 24. P |
| 21. ● | 10. ●T | 21. ● | 28. Ⓢ | 24 B | 3.12. PP | | 26.1 P | Alexand. Lutz | Eduardo |
| 27. Ⓢ | 14. ●T | 8.12. ● | 5.10. ● | 26 P | | | ca 20 | | 3.7. Po |
| 2.4. + | 26. ● | 30. Ⓢ | 20.12 ● | 27. P | Wein | | 15.5. P | x P | 20.3. P | 6. B |
| 10. ● | 8.7. ● | 16. X | 12. X | SPANiEN | in △. | | 31. P | — . — | 7. B |
| 11. ● | 11. Ⓢ | | | | 1.1. P | | 10.6. P | | Theode 8. B |
| 14 ● | 20. ● | HAROLD | GEORG | | 7.1. P | | 15. P | OLE 13.12. P | 19.8 P |
| 15. ●● | 8.8. Ⓢ | 18.3. P | 16.1. ●● | F. Stell. | 28. Stä | | — . — | 7.1. P 15. P | 30.9. P |
| 21. ● | 11. ● | 26. P | 26.2. ●● | 17.3. P | 18.2. P | | | 11. Bett 34. P | 29.11. P |
| 25. ● | 18. ● | 3.4. P | 14.3. ● | 20.8 ● | 25.3. P | Micha | | 20.7 | — . — |
| 28. Ⓢ | 26. ● | 15. B | 24. ●● | | 2.4. + | 27.1. P | bis | Bruno | |
| 105. Ⓢ | 15.5. Ⓢ | 13.5. P | 16.6. ●● | | 27.5. P | 29.1. P | 1.8. | 20.5 TS | |
| 17. ● | 16. Ⓢ | 6. P | 17. B | Guido | 8.10. P | 1.5. P | 4 x | 22. TS | |
| 20. Ⓢ | 30. ● | 13. Bett | 26.8 ●● | 11.11. ● | 2.12. P | 7.7. P | Petting | 26. TS | |
| 21. ● | 20.10. + | 15. B | 5.10. ●● | | | | | | |
| 27. ● | 25. ● | 18. P | | | | | | | |
| 2.6. Ⓢ | 17.11. ● | 24.6. P | MARC·A. | Andre | Clemens | Mateo | Waldo | | |
| 28. Ⓢ | 25. K Ⓢ | 28. PP | 12.3. P | 5.10. P | 28.1. P | 8.8. P | 4.1. P | | |
| 29. ● | 29. ● | Carsten | 34.5. P | 23. P | 28. P | 9.9. P | 3.3 P | | |
| 5.7. + | 6.12 K Ⓢ | 18.3. P | | 11.11. P | 31. P | 15.12. P | 1.4 S P | | |
| 20.7 Ⓢ | 23. Ⓢ | 20. B | MARTINO | 12. B | 4.1. P | 25. P | 24 S P | | |
| SPANiEN | 32 x | 30. P | 30.4. P | | | | 28. P | | |
| 9.12. ● | — . — | 2.4 P | 10.6 P S | | | | 6.7. P | | |
| 15. Ⓢ Ⓢ | Musa | 26.8 † | 12. P | | | | | | |
| 16 Ⓢ | 5.1. ● | 22.10 P | | | | | | | |
| 36 x | | | | | | | | | |
| — . — | | | | | | | | | |

## Original. Auszug von drei Seiten der Sexnotizen.

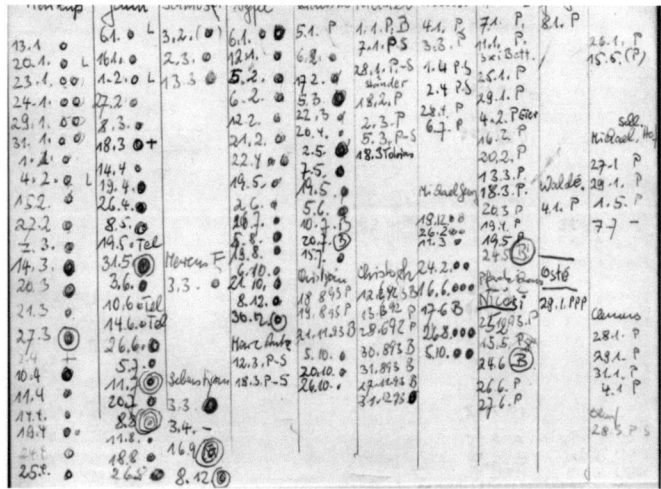

Ende des 1. Studienjahres

Erschienen im gleichen Verlag ist die Biographie über den Botaniker Carolus Clusius aus den Niederlanden und seine Ahnen aus Etruskien. Er wirkte jung unter Kaiser Karl V. und später als Truchsess bei den Habsburgern. Seine homophilen Freunde förderten den Humanismus, wie Bruno Guardini, Philippe Sidney, Heinrich IV. dem Prinzen von Sodom, Sohn der Katharina di Medici, König von Polen und Frankreich und Kaiser Rudolph II. Eine Sittengeschichte des XVI. Jahrhunderts.